철학자들과 함께 떠나는
글쓰기의 모험

철학자들과 함께 떠나는

황산 지음

북바이북

글쓰기는 그 자체가 하나의 모험이다. 이 모험은 위험을 감수하며 오지를 탐험한다는 의미에서의 모험이 아니다. 내 안의 세계를 확장하는 모험이며, 아직 도달하지 못한 미답의 영역으로 나아가는 모험이다. 그러므로 이 모험은 우리의 삶 속에서 고요히 진행된다. 하지만 그 어떤 모험보다 짜릿하고도 감미롭다. 이 모험은 특별한 재능을 가진 작가만이 경험하는 세계가 아니다. 글을 쓰는 사람이면, 글쓰기를 사랑하는 사람이면 누구라도 누릴 수 있는 황홀한 오디세이이다.

1

오늘날 기술의 발달로 우리의 삶에 엄청난 변화가 일어나고 있다. 특히 글쓰기와 관련하여 놀라운 변화가 생겨났다. 그 첫째는 글쓰기 도구의 변화이다. 돌멩이에서 붓으로, 붓에서 펜으로, 펜에서 키보드로 필기도구가 바뀌었다. 둘째는 텍스트의 변화이다. 암벽에서 서판으로, 서판에서 종이로, 종이에서 모니터로 전환되고 있다. 셋째는 글쓰기의 대중화이다. 이들 기술의 진보는 갈수록 더 많은 사람들이 글을 쓸 수 있도록 하였다. 고대와 중세 사회가 극소수의 사람만이 글을 쓰고 읽는 시대였다면, 근대 이후는 소수의 사람이 글을 쓰고 대중이 책을 읽는 시대였다. 바야흐로 오늘날은 모든 사람이 글을 쓰고 또 읽는 시대이다. 심지어 스마트폰을 통해 실시간으로 소통하고 있다. 꽤 많은 사람들이 스마트폰 메모장앱에 엄지손가락 두 개로 입력하는 방식으로 글을 쓰고 있다. 나아가 이제 사람들은 글을 씀으로써 기쁨을 누린다. 읽는 즐거움에서 쓰는 즐거움으로 텍스트 향유 방식이 빠르게 이동하는 중이다.

　　이렇듯 기술 발달이 촉진한 결과, 소수의 사람이 글이나 미디어를 전유하는 시대는 이미 종언을 고하였다. 이제 사람들은 누군가의 이야기를 수동적으로 듣거나 다른 이의 글을 읽기만 하는 것에 더 이상 만족하지 않는다. 자신이 직접 말하기를 바라고 무언가를 직접 표현하고자 한다. 오늘날의 미디어 플랫폼 환경에서 모든 사람이 '발언'할 수 있는 시대로 성큼 접어들었다. 모든 사람이 글을 쓸 수 있고 자기 생각을 말할 수 있다. 물론 스마트폰을 가졌다고 모두가 '스마트'해지는 것은 아니다. 하지만 '스마트폰'으로 상징되는 모바일 네트워크를 중심으로 한 다양해진 미디어 환경이 모두가 발화發話할 수 있는 '열린 세계'

의 문을 활짝 열어 놓은 셈이다. 특히 사람들은 글을 쓰면서 새로운 것을 창조하는 기쁨을 누린다. 이를 통해 스스로가 주체가 되어가고 자신의 존재를 확인하고 있다. 이를 데카르트식으로 표현하면 다음과 같다. "나는 글을 쓴다. 그러므로 나는 존재한다!" 데카르트의 '생각하는 주체'가 이제 말과 글로써 '발화하는 주체'로 전면적으로 재등장하고 있는 것이다.

이러한 흐름은 최근 10년간 서점의 신간 매대에 유난히 증가한 '글쓰기 책'으로도 확인된다. 나아가 글쓰기 강좌는 여러 인문학이나 문화 강좌의 기본 메뉴가 된 지 오래고, 온갖 종류의 책 쓰기 프로그램들도 성업 중이다. 이렇듯 글을 쓰고자 하는 사람은 폭발적으로 늘었고, 글쓰기에 대한 책들도 많이 출간되었을 뿐 아니라 가르치고 배우는 곳도 늘었다. 그런데 정작 그 내용들을 보면 왠지 석연치 않다. 글을 쓰고 싶은 마음과 잘 쓰고 싶은 욕망만 넘쳐날 뿐 진정 중요한 질문들을 빠뜨리고 있는 것 같기 때문이다. 자신이 왜 글을 쓰고자 하는지, 그리고 무엇을 써야 할지 명확하지 않은 듯하다. 더구나 글이 무엇인지, 글을 쓰는 이의 자세는 어때야 하는지, 글이 타인에게 어떻게 전해지는지에 대한 궁금증은 찾아보기 힘들다. 글쓰기 책들이나 글쓰기를 가르치는 곳에서도 이런 질문은 제대로 던지지 않는다. 간혹 언급하더라도 아주 짧게 표피적으로 다룬다. 즉 글을 쓰는 기교와 기술을 전수하고, 빨리 책을 펴내는 방법과 출간 이후 얻게 되는 효과만을 강조하는 형국이다. 오로지 방법론만 묻고 비법과 같은 노하우만 전하고자 한다. 이렇게 배운 글쓰기라면, 그렇게 배워서 쓴 글이라면 그것이 어떤 의미를 가지는 것일까? 아니 배울 수는 있는 것일까?

이러한 풍토에서 긴요한 것은 글쓰기에 대해 궁극적인 질문을 던지는 일일 것이다. 그래서 '글쓰기', 그것도 '현대의 글쓰기'란 무엇인지에 대해서 현대 철학사를 빛낸 이들에게 물어야겠다고 생각했다. 이 책은 그 빼어난 철학자들에게서 얻은 '글'과 '글쓰기'에 대한 질문이자 답변이고, 그에 따른 깨달음이다.

2

이 작업을 하면서 가장 먼저 해결해야 할 과제는 글쓰기의 본질에 대해 과연 '누구에게 물을 것인가' 하는 문제였다. 모든 철학자들에게 "글이란 무엇인가?", "글쓰기란 무엇인가?" 라는 질문을 던지는 건 쉬운 일이 아니다. 그래서 글쓰기의 본질에 대한 통찰을 제공하는 철학자들을 고를 수밖에 없었다. 고심 끝에 필자가 선택한 이는 프리드리히 니체, 모리스 블랑쇼, 롤랑 바르트, 장 폴 사르트르, 발터 벤야민, 질 들뢰즈 그리고 자크 데리다 등 일곱 명의 현대 철학자들이다. 여기에 근대적 글쓰기의 모델을 제시한 블레즈 파스칼을 서장에서 다루었다. 이들은 모두 글쓰기에 대해 깊이 사유하고, 그 결과 글쓰기에 대해 깊은 울림을 주는 메시지들을 남겼다. 그리고 자신이 남긴 삶의 족적과 글들을 통해 우리에게 글쓰기의 심원한 세계를 보여주고 있다. 또한 그들은 일상적인 글쓰기나 문학적 글쓰기에 직접 적용할 수 있는 감각을 일깨우고 실제적인 방법을 제시하기까지 한다. 이들에게 필자는 글을 쓰는 모든 이들을 대신해서 글의 본질, 글쓰기 정신, 글 쓰는 이의 자세, 글쓰기 방법 등을 묻고 그 답을 구했다.

이 책에 소환한 일곱 명의 철학자들은 철학사에 또렷하게 이름을 남긴 이들이다. 그들은 문학과 예술, 정치와 사회 문화 전반에 큰 파장을 일으키며 그 시대의 사상과 담론에 강력한 영향을 미쳤을 뿐 아니라 새로운 담론을 제시한 인물들이다. 무엇보다 그들은 실로 깊고 정곡을 찌르는 글을 썼다. 그들의 글은 많은 사람들의 인생을 바꾸어 놓았다. 그들 대부분은 대중들과 함께 호흡하며 그 시대의 현안에 참여하여 목소리를 낸 비평가들이자 논객이기도 하다. 또한 이들은 당대를 뒤흔든 텍스트 쓰기의 고수들이었다. 그들은 글쓰기의 정수를 우리에게 보여준다. 이런 글쓰기의 고수에게 글쓰기를 배워야 한다.

이들 철학자의 사상을 해부하거나 요약하는 것은 이 책의 관심이나 영역 바깥의 일이다. 그저 글쓰기라는 렌즈로 철학자들의 사유와 글을 들여다보는 데 집중했다. 그리고 철학자들의 텍스트를 읽으면서 발견하고 느낀 바들을 그대로 소개하려고 했다. 이 책은 모든 철학자들에게 글쓰기를 꿰뚫는 하나의 원리나 공통된 진리가 있다고 전제하지 않는다. 단 하나의 주제나 결론을 추구하지 않고, 그저 철학자 각각의 목소리를 들려주고자 하였다. 따라서 처음부터 마지막까지 순서대로 읽을 필요는 없다. 자신에게 이끌리거나 우선 관심이 가는 철학자부터 읽어도 무방하다. 하지만 서장부터 순서대로 읽으면 근대 철학과 현대 철학으로 이어지는 철학자들의 글쓰기의 맥락을 파악하는데는 좀 더 도움이 되리라 믿는다.

　　　이 책의 목적은 글쓰기의 방법론이나 기술을 전하는 것이 아니다. 오로지 글쓰기의 심장을 다루고자 한다. 글쓰기 방법과 기술을 원하신다면 서점과 도서관에서 어렵지 않게 발견할 수 있는 실용서를 이용하시길 권한다. 이 책은 독자들의 글쓰기 기교를 더해 줄 수 없고, 문장력을 벼리는 데 그 어떤 비법도 제시하지 않는다. 그러나 이 책은 독자로 하여금 글을 쓰는 목적을 찾도록 이끌고, 자연스레 글을 쓰는 방법을 터득하게 하며, 자신이 쓴 글이 이루어내는 미래를 상상하며 기꺼이 글을 써내려갈 수 있도록 안내하고자 한다. 나아가 자신만의 스타일로 글을 쓰도록 자극하고자 한다. 무엇보다 이 책은 글쓰기의 세계로 나아갈 수 있는 용기를 심어주며, 글쓰기의 모험을 감행하도록 독려하고자 한다.

그렇다고 이 책이 작가나 글쓰기 전문가만을 위한 책은 아니다. 이 책은 글을 쓰고 싶은 이들, 글쓰기를 통해 자신의 존재를 확인하고 싶은 모두를 염두에 두었다. 책을 좋아하는 이들, 글쓰기의 문을 두드리는 이들, 글쓰기에 기쁨을 느끼는 이들, 기꺼이 자기의 언어로 글을 쓰고자 하는 이들, 자기의 글쓰기에 무언가 영감을 던져주는 아이디어를 얻고자 하는 모든 이들에게 크고 작은 힌트와 통찰을 제공하려고 노력했다.

출간을 준비하면서 놀라운 사실을 하나를 발견했다. 이 책의 본론에서 다룬 일곱 철학자들 가운데 다섯 명이 현대 프랑스 철학의 흐름에 속한 사람들이라는 사실이다. 니체와 벤야민은 독일 철학자이지만 이들 역시 프랑스와 관련성이 높다. 알다시피 니체는 독일인이면서도 가장 프랑스적인 사유를 전개하였던 인물이다. 그는 자신의 글 전반을 통해 독일의 사유 스타일보다 프랑스의 예술적 스타일을 높이 평가하였다. 벤야민 역시 도시 파리에 대해 책을 펴낸 바가 있었고, 비평가 및 작가로서 활동한 그의 글과 사유에는 다분히 프랑스적인 향취가 배어 있다. 따라서 벤야민 역시 프랑스적 전통과 연결되는 철학자로 분류해도 무리가 아니다. 서장에서 다룬 파스칼 역시 프랑스 사람이다. 사실 프랑스 철학자들의 작업은 소설과 산문과 같은 문학 작업과 함께 전개되고 있는 특징이 있으며, 언어학과 텍스트 그리고 글쓰기에 대해서도 가장 깊이 사유하는 철학적 흐름으로 알려져 있다. 따라서 이 책이 주로 프랑스적 전통과 이어진 것은 매우 자연스러운 일이다. 처음에는 우연의 일치처럼 보였지만 프랑스 철학의 맥락 속에 있는 철학자들을 주로 다루게 된 것은 필연적 운명으로 보인다.

3

이 책은 한국출판마케팅연구소 한기호 소장의 배려로 탄생할 수 있었다. 우연한 기회에 만남이 이어지고, 이후 '철학자들의 글쓰기'라는 생뚱맞은 주제로 글을 쓰고 싶다고 하였는데 흔쾌히 출판전문잡지 《기획회의》의 지면을 내어주었다. 그 결과 2019년 1월부터 격주간으로 '철학자들의 글쓰기'라는 타이틀로 11회의 연재를 할 수 있었다. 연재를 마칠 즈음, 연재한 글을 단행본으로 출간하자고 제안까지 해주었다. 글쓰기의 본질을 찾아 나선 연재의 기획 의도를 살려 글과 책의 세계에 어떤 메시지를 던져보라는 제안이었다. 그것은 글쓰기의 요령과 기교에만 주목하는 실용적인 글쓰기 책들이나 최근의 글쓰기 유행에 근원적인 도전과 자극을 주라는 뜻이었다. 그 뜻이 너무 고마워 책으로 출간되기까지 거쳐야 할 어려움에도 불구하고 기꺼이 제안을 받아들였다. 그런 면에서 이 책의 산파는 바로 한기호 소장이다. 그분에게 '사람'을 소중히 여기는 마음이 있다는 것을 잘 알고 있었던 터라 연구자로서 그리고 한 사람의 필자로서 감사할 따름이다. 그런 의미에서 이 책은 단지 필자 개인의 인문학적 탐구의 결과물이 아니다. 오히려 한기호 소장의 배려와 출판전문잡지《기획회의》편집자들과 함께 이룬 공동의 작품이다. 특히 연재에 실은 파편적인 글들을 하나의 실로 꿰어 책으로 탄생하게 한 편집자 김장환 선생의 수고에 고마움을 표한다.

　　이 책에 담긴 글들을 쓰면서 나에게 어떤 변화가 일어났다. 철학자들의 사유가 내 속에서 기묘한 울림을 일으키고 나는 그들의 목소리에 감응되었다. 그리고 나에게 유쾌한 변화의 리듬이 생성되었다. 좀 더 새로운 방식으로 글을 쓰게 되고 다른 방식으로 삶을 살아가는 법을 익혔다. 앞으로도 나는 다르게 살 것이고 나만의 삶을 살 것이다. 나의 글을 쓰며 또 다시 모험을 떠날 것이다. 그러므로 이 책은 나의 이야기이자 내 삶의 소중한 흔적이다.

2020년 새 봄

황산

차례

모험의 출발점

파스칼이 설계한 근대적 글쓰기

블레즈 파스칼 Blaise Pascal, 1623~1662

"열쇠의 여는 힘, 갈고리의 끌어당기는 힘."
파스칼이 남긴 기묘한 메타포이다. 이 은유가 글
쓰기에 대한 것이라면 그는 잠긴 자물쇠처럼 견
고하게 닫힌 마음을 단번에 열어젖히는 힘, 갈고
리처럼 마음에 달라붙어 끌어당기는 힘을 강조
하는 것이리라. 자물쇠와 금고조차 열어버리는
작은 열쇠, 물고기를 꿰어차는 낚시바늘, 배를
정박시키는 닻, 암벽에 로프를 거는 앵커anchor.
그런 힘은 어떤 것일까? 내가 쓰는 글, 내가 구사
하는 말에는 과연 이런 힘이 있는가?

"인간은 생각하는 갈대다."[1]

이 말을 모르는 이는 없을 것이다. 파스칼Blaise Pascal이 남긴 금언이다. 생각하는 갈대! 참으로 심오한 표현이 아닌가? 실로 인간은 강가의 갈대처럼 가벼운 바람에도 이리저리 흔들리는 가냘프고 연약한 존재이다. 하지만 사유를 하는 존재이기에 인간은 그 무엇보다 굳세고 강하다. 이 금언이 담긴 《팡세》 Pensées를 읽는 이들은 파스칼의 명쾌한 사유와 그 투명한 진술에 잔잔하게 전율하지 않을 수 없다. 그만큼 파스칼의 글은 매력적이고 함축적이며 깊다.

파스칼이 들려주는 글쓰기의 지혜

많은 사람들이 파스칼을 피상적으로 이해하고 있는 듯하다. 혹자는 그를 감미로운 잠언을 여럿 남긴 철학자로만 이해하거나 또 다른 이들은 천재적인 수학자로만 알고 있다. 하지만 그는 당대에 이미 널리 알려진 작가이자 논객이었다. 뿐만 아니라 수학자이자 과학자에다 발명가이기도 했다. 더구나 그는 대중의 경탄을 이끌어낸 글들로 프랑스 역사에 우뚝 솟은 최고의 수사학자로도 칭송받았다. 그가 보여준 논리와 설득의 기술은 타의 추종을 불허하였다. 특히 그가 남긴《팡세》에서는 다음과 같은 명쾌한 글쓰기 원리들을 발견할 수 있다.

그 첫째는 '명료성'이다.《팡세》를 읽어본 독자는 장황하거나 현란한 표현의 기교가 배제된 문장들에 경탄한다. 파스칼의 글을 읽는 사람들은 바로 그 명료함과 간결한 흐름이 자아내는 우아함에 매료된다. 간결함과 명료성은 고대 그리스의 수사학에서 가장 중요시하는 요소이다. 아리스터텔레스는 그의《수사학》에서 다음과 같이 말한다. "문체의 미덕 중 하나는 명료성이다."[2] "게다가 문체가 너무 평이해서도, 너무 부풀려서도 안 되며, 적당해야 한다."[3] 실로 간결한 언어로 명료하게 표현하는 일은 모든 글쓰기와 말하기의 기본이다.[4] 이러한 간결성은《팡세》곳곳에 등장하는 명제적 표현에서 도드라진다. 그 명료한 표현들에서 사람들은 보석과 같은 경구들을 무수히 건져낸다.

둘째는 '사유의 질서'이다. 파스칼은 '사유' 즉 '생각하는 힘'을 인간의 궁극적 품격이자 가치라고 믿었다.[5] 이 품격은 이성으로 생각하는 사유의 질서에 달려있다고 보았다. 파스칼은 정신을 두 가지로 구분한다. '기하학적 정신'과 '섬세한 정신'이 그것이다.[6] 기하학적 정신은 '정신의 넓이'를 뜻한다. 섬세한 정신은 '정신의 힘과 정확함'을 가리킨다. 기하학적 정신은 추론과 논리가 필요한 이성과 닿아 있다. 그리고 섬세한 정신은 감각적·감성적 차원과 밀접하다. 파스칼은 기하학적이기만 해서도 안 되고 섬세하기만 해서도 안 되는 어떤 길을 제안한다. 그것은 논리성과 섬세함이 균형을 이루는 글을 말한다. 전통적 수사학에서 강조하는 지성과 감성, 즉 로고스logos와 파토스pathos의 균형은 독자의 마음을 움직이는 글쓰기의 기본이라고 할 수 있다.[7] 이렇듯 파스칼이 말하는 '사유의 질서에 기반한 글쓰기'가 바로 근대적 글쓰기의 기본 모델이라고 할 수 있다.

셋째는 '꾸밈없는 글'이다. 파스칼은 무리한 글쓰기의 기교에 대해 비판한다, "말을 무리하게 써서 대조법을 만드는 사람들은 대칭을 위해서 가짜 창문을 만드는 사람들과 같다"[8]고 비유한다. 가짜 창문은 창문 모양은 하고 있으되 실제로 여닫을 수 없는 일종의 장식물이다. 그런 창문으로는 바람이나 햇볕이 드나들 수 없다. 파스칼은 글의 꾸밈새보다는 정확한 글쓰기를 강조한다. 건축 자체의 실용적 쓰임새가 중요하다는 것이다. 이러한 관점은 웅변에 대한 그의 언급에도 나타난다. "웅변은 생각에 대한 그림이다. 이처럼 그림을 그린 후에 또 덧칠을 하는 사람은 초상화 대신 상상화를 만드는 것이다."[9] 웅변은 '말로 하는'oral 글쓰기이다. 즉 글이나 웅변이 '사유의 그림'이라면 그림 속의 인물을 그대로 묘사하는 '초상화'처럼 자신의 사유를 정확하고 분명하게 드러내어야 한다는 것이다. 또한 파스칼은 "사소한 것들을 장황한 말로 표현"하는 것은 온갖 보석과 줄과 장신구 등으로 장식한 '촌스러운 시골의 여왕'에 불과하다고 비꼬기도 한다.[10] 파스칼은 다음과 같이 선언한다. "나는 어릿광대나 허세 부리는 자를 똑같이 싫어한다. 사람들은 이 둘을 친구로 삼지 않을 것이다."[11] 파스칼의 관점에서 현란한 묘사와 과장법으로 가득한 글은 일종의 광대놀음에 불과하다. 화려한 글은 일시적인 주목을 끌거나 흥겨움을 제공할 수 있지만 독자들의 사랑을 받는 글은 될 수 없다는 지적이다. 꾸밈없는 명징함, 이는 파스칼이 추구한 글쓰기의 이상이자 방법론이다.

넷째, '진실 말하기'이다. 파스칼은 말한다. "한 자연스러운 연설이 열정이나 현상을 묘사할 때 사람들은 자기 안에서 듣는 내용의 진실을 발견한다. 자기 안에 있었는지도 몰랐던 그런 진실 말이다. 그래서 그 진실을 깨닫게 해주는 사람을 좋아하게 된다."[12] 글쓰기는 진실을 둘러싼 역동을 일으킨다. 다시 말해 좋은 글이란 독자로 하여금 어떤 진실과 만나게 하는 글이다. 진실은 또 다른 진실을 일깨운다. 독자들로 하여금 진실을 발견하게 하는 힘은 작가의 글 자체가 지니는 열정과 묘사의 진실성에서 비롯된다. 이는 화자 혹은 작가의 에토스ethos와 관련된다.

다섯째, '자연스러운 문체'를 사용하는 글이다. 파스칼은 자연스러운 문체를 칭송한다. "자연스러운 문체를 만날 때 우리는 매우 놀라고 기뻐한다. 왜냐하면 한 작가를 본다고 기대했는데 한 인간을 발견하기 때문이다. 반면에 좋은 취향을 가진 사람들이 하나의 책을 보면서 인간을 발견한다고 믿다가 작가를 발견하여 매우 놀란다."[13] 자연스러운 문체로 글을 쓰는 사람은 독자에게 어떤 진정한 기쁨과 의외의 놀람을 선사한다. 톡톡 튀는 문체나 낯선 언어를 구사하는 것만이 놀람과 기쁨을 안겨주는 길은 아니다. 자연스러운 글에서 독자는 한 인간을 만난다. 글에 매료되는 것이 아니라 그 글을 쓴 작가에 매료되는 것이다.

여섯째, '구성을 새롭게 하는 감각'이다. 글의 구성, 즉 언어의 배치에 관하여 파스칼처럼 뛰어난 감각을 지닌 자는 드물 것이다. 그는 자신의 글에 대해 이렇게 말한다. "나는 사람들이 내가 어떤 새로운 것을 말하지 않았다고 말하지 않기를 바란다. 재료의 구성이 새로운 것이다."[14] "다양하게 배열된 단어들이 다양한 의미를 만들어낸다. 그리고 다양하게 배열된 의미는 다른 결과를 낸다."[15] 실로 언어학적 통찰력이 돋보이는 표현이 아닐 수 없다.

이렇듯 파스칼에게 좋은 글이란 논리적 명료함과 진실성과 기하학적 질서와 문체의 자연스러움을 지닌 글이다. 파스칼이 제시한 이러한 글쓰기의 원리는 근대적 글쓰기의 한 전형이 되었다.

논리와 수사학의 향연

파스칼의 《시골 친구에게 보내는 편지》Les Provinciales는 프랑스 산문 문학사에서 빛나는 작품으로 읽히고 있다. 이 책은 파스칼의 글쓰기의 탁월함이 드러난 작품이다. 이 책은 1656년 1월 23일부터 1657년 3월 24일에 쓴 열여덟 편의 편지 형식의 간행물을 모아 책으로 출판한 것이다. '시골 친구'에게 보내는 친근한 편지 형식을 취했지만 당시 프랑스에서 큰 화제가 된 종교적 논쟁에 뛰어든 논쟁debate 글이다.[16]

이 책에서 파스칼은 무겁고도 난해한 주제를 가볍고도 경쾌한 필치의 글로 썼을 뿐 아니라 논점을 명쾌하게 드러내며 사람들을 설득해냈다. 그의 글은 엄청난 파장을 일으켰다. 파스칼의 편지들은 신학자들과 일반 대중, 궁정과 살롱에서 단연 최고의 화제가 되었으며 사람들은 경탄과 찬사로 반응하였다. 그 글의 수사학적 아름다움과 그로 인한 감동 때문이었다.

파스칼은 그의 〈기하학 일반에 대한 고찰〉에서 설득술의 네 가지 요소를 말한다.[17] 그 첫째는 상대방의 마음에 드는 기술이고, 둘째는 상대를 설득하는 기술이다. 이 둘은 설득술을 구사하는 두 개의 축이다. 셋째는 대화술, 넷째는 아이러니irony이다. 대화술과 아이러니는 앞서 언급한 두 축에 연동하여 설득의 힘을 높인다. 파스칼은 이들 기술을 아낌없이 사용하여 신학 논쟁을 유쾌하게 전개하고, 공허한 궤변의 배설로 끝내지 않고 독자들 즉 대중들을 설득해냈다. 그리고 상대 논리의 허점을 그대로 드러냈다. 나아가 아이러니를 통하여 신랄한 풍자와 희극성이 가미된 논쟁으로 이끌었다.

이때 파스칼은 대화술과 풍자satire의 대가다운 면모를 보였다. 정곡을 찌르는 문제 제기, 정중하면서도 경쾌한 문체, 풍자와 아이러니가 번뜩이는 대화술로 짜인 그의 글은 한 편의 문학 작품이 되었다. 그 속에는 논쟁과 수사학의 모든 기술이 다 담겨있다고 해도 과언이 아니다.

수사학은 웅변 혹은 글쓰기의 내부에 관한 것이다. 화자와 청자 또는 작가와 독자 사이의 소통에 대한 것이다. 사람들의 마음을 움직이는 글쓰기, 매체로서의 텍스트 전략, 글에 가장 아름다운 무늬와 적절한 향기를 입히는 기술에 관한 한 파스칼은 모든 이의 교사이다. 물론《시골 친구에게 보내는 편지》스타일의 글은 시와 수필 같은 문학적 글쓰기 방식으로는 그리 적합하지 않다. 그러나 산문 쓰기, 칼럼 쓰기, 평론, 정치적 글쓰기, 시사평론, 실용적인 쓰기, 웅변, 변론과 토론 등 어떤 주제와 쟁점을 둘러싼 글쓰기에는 매우 유용하다.

근대적 글쓰기의 스승, 파스칼

파스칼은 근대의 서막이 열리는 17세기에 활동하였다. 신의 계시를 진리의 절대적 표준으로 삼았던 중세가 붕괴된 이후 서구 사회는 '이성'을 새로운 진리의 척도이자 과학의 도구로 삼았다. 그래서 근대 철학과 학문들은 인간의 이성을 중요시하였던 것이다. 그 결과 모든 것을 이성과 수학적 논리로 판단하고자 하였으며, 진리란 수학적 명제로 진술될 수 있다고 보았다. 따라서 논리성과 정합성과 구조적 완결성을 지닌 글과 지식이 권위를 지녔다.

데카르트와 파스칼 그리고 스피노자와 같은 당대의 철학자들이 수학자인 것은 결코 우연이 아니다. 당시 철학자들은 형이상학적 진리를 명제의 방식으로 명료하게 진술하고 논리적으로 증명하는 식으로 글을 썼다. 그들에게는 그것이 진리를 입증하고, 의미를 명료하게 드러내는 길이었다. 파스칼 역시 이러한 흐름 속에서 활동하고 사유하였다. 이러한 맥락에서 그는 기하학적 구조와 논리적 명료함을 지닌 글을 구사하였다.[18] 앞서 말했듯이 그는 특히 수사학을 강조하였다. 파스칼은 논리와 수사학적 기술로 건축되는 이상적인 글쓰기의 세계를 설계하고 실천하였다.

따라서 파스칼의 글쓰기는 근대적 글쓰기의 모델이라

고 할 수 있다. 그가 전개한 글쓰기 기술은 글쓰기의 '나무 모델'에 기반한 것이다. 이는 '문법'grammar이라는 뿌리 위에 '논리'logic라는 기둥을 세우고, '수사학적Rhetoric 기술과 표현'으로 꽃을 피우는 방식이다. 이러한 나무 모델은 중세 대학의 교수법상의 삼분법과 관련된다. 그 세 과목은 문법, 논리학 그리고 수사학이다. 이 모델의 글쓰기에서 가장 중요한 것은 '문법'과 '논리'이다. 이 두 요소는 진리를 진술하고 이미지를 만들고 사람들을 설득하는 절대적 요소가 된다. 이 바탕 위에서 '수사학'은 효과적인 설득과 메시지의 전달을 위한 기술적 요소로 작용한다.

이러한 모델의 글쓰기는 이후 합리주의 시대의 고전적 교육의 틀이 되었다. 이는 논리적 글쓰기를 추구하고, 의사소통, 민주적 토론이나 논쟁에서 상대방을 설득하는 '무기'로서의 글을 추구한다. 그리고 글이나 웅변은 화자 혹은 작가의 어떤 메시지나 사상을 전달하고 설득하는 작업으로 이해한다. 지금도 서구 사회나 한국의 학교에서 가르치는 에세이나 글쓰기는 모두 이러한 틀을 기반으로 진행되고 있다. 논리적인 쓰기 및 논술 글쓰기가 바로 그것이다. 그 대표적인 것이 이른바 '3P 에세이'이다. 세 가지 논점point으로 간결하게 자신의 생각을 정리하고, 각각의 문장에 레토릭한 감각을 담아 전개하는 글쓰기 방식이다. 이는 '서론 – point 1 – point 2 – point 3 – 요약 및 결론'이라는 구도를 강조한다. 매우 도식적으로 보이지만, 이러한 사유와 논리 전개의 훈련을 받으면 간결하고 명쾌하게 자신의 주장을 표현하는 능력이 길러진다.

서구 사회에서는 초등학교 시절부터 이러한 에세이 쓰기 교육을 하고 있다. 대표적인 영어 능력 시험인 토플tofle의 글쓰기writing도 이러한 방식의 글쓰기로 평가한다. 즉 자신의 생각과 주장을 질서 있게 구성하고 표현하는 역량을 평가하는 것이다. 이와 같이 논리적인 질서를 추구하는 글쓰기는 근대적 글쓰기, 합리주의 교육의 글쓰기, 모든 논문 쓰기의 기본 원리가 되고 있다. 요즘 유행하는 '생각 정리 기술'이나 온갖 종류의 마인드맵 프로그램도 이와 같은 이성에 기반한 로직logic 중심의 체계에 기반하고 있다.

글쓰기의 모험을 떠나는 출발점, 근대적 글쓰기

탈근대를 말하는 오늘날 이러한 근대적 글쓰기를 돌아보는 것은 어떤 의미가 있을까? 고전적 글쓰기 스승인 파스칼을 우리의 교사로 삼아도 되는 것일까? 대답은 '그렇다'이다. 그것은 바로 근대적 글쓰기가 우리가 떠날 글쓰기의 모험이 시작되는 출발점이기 때문이다. 그런 의미에서 우리들은 파스칼에게 먼저 배워야 한다. 근대적 글쓰기 방식을 시대에 뒤떨어진 방식으로 이해하거나 단순한 도식이라고 단언하는 것은 섣부른 태도이다. 다소 논리적 틀과 형식이 분명하여 도식적으로 보이지만 이러한 방식은 글쓰기와 말하기 훈련에 상당히 효율적이다. 그 무엇보다도 사유의 질서를 갖추는 일과 논리적으로 말하는 법은 모든 글쓰기와 소통의 기본이다. 글쓰기 기본기를 익히는 입문자나 어린이와 청소년들에게는 이런 방식의 논리적 글쓰기 훈련이 반드시 필요하다.

물론 소설이나 시를 비롯한 다양한 장르의 문학을 경험하고 문학적 글쓰기도 함께 배우고 익혀야 할 것이다. 특히 문학은 논리적 글쓰기와 사뭇 다르다. 문학은 언어의 용법을 낯설게 하고 때로는 논리를 넘어선다. 시는 문법을 파괴하기조차 한다. 그러나 자신의 사유를 논리적으로 전개하는 역량이 없다면 그러한 자유로운 글쓰기로 쉽게 나아갈 수 없을 것이다. 오히려 문법과 논리에 정통하고 능숙한 자가 이를 넘어서 한 차원 높은 글로 도약할 수 있다. 더구나 전근대적인 요소가 여전히 위세를 떨치는 우리 사회에서 논리적인 자기 표현, 합리적인 의사소통과 대화법은 아무리 강조하여도 부족함이 없다. 따라서 논리와 수사학적 기술이라는 글쓰기의 기본을 소홀히 하여서는 안 될 것이다.

하지만 우리는 근대적 글쓰기를 넘어서야 한다. 근대성 즉 모더니티modernity는 지금도 여전히 통용되는 글의 모범이자 사유 방식이지만, 그 속에 자신을 가두어서는 안 될 것이다. 이성 중심의 서구 질서가 초래한 참상과 비극들을 우리는 너무나 잘 알고 있기 때문이다. 특히 글쓰기와 문학은 이성의 세계에 속하지 않고 그것을 넘어선다. 그동안 예술과 문학은 근대적 가치와 이성의 지배를 벗어나 줄기차게 자신의 새로운 영토를 만들어왔다. 따라서 새로운 시대의 글쓰기에는 근대를 넘어서는 근원적 충동이 내재되어 있다.

우리는 파스칼로부터 출발한다. 파스칼을 깊이 이해하면 우리가 통상적으로 좋은 글이라고 말하는 요소들을 갖출 수 있다. 사실 파스칼처럼 쓰는 것조차 쉬운 일이 아니다. 아니 굳이 그렇게 쓸 필요도 없다. 파스칼이 자기 글을 쓴 것처럼 우리는 우리의 글을 쓰고 각자 자신의 '팡세'를 쓰면 된다.

우리는 파스칼을 좋아하고 그가 남긴 글귀들을 사랑한다. 우리는 그를 부정할 수 없다. 하지만 우리는 파스칼에 머물 수 없다. 그를 통과하고 그를 떠나야 한다. 계몽의 세기를 넘어 자신의 영혼을 담아내는 글쓰기의 새 영토로 나아가기 위하여 이제, 우리를 이끌어줄 철학자들과 함께 새로운 모험을 떠나가 보자.

1장

자신의 삶을 담아 쓰라

니체와 함께 떠나는 글쓰기의 모험

프리드리히 니체 F. W. Nietzsche, 1844~1900

"네 운명을 사랑하라!"

니체가 말하는 '아모르 파티'amor fati는 속 좁은
자기애가 아니다. 어두운 빛깔의 운명주의도 아
니다. 그것은 삶의 모든 것을 긍정하는 마음, 비
극과 고통조차 껴안는 강인한 의지, 나아가 자
기 한계를 극복하고 새로운 운명을 창조하는 도
전적인 마음이다. 니체의 글은 화려한 음악과도
같다. 그의 어법은 적잖이 도도하고 직설적이다.
무엇보다도 그의 말을 듣는 이들은 힘을 느낀다.
니체의 힘이 아니라 자기 속에서 솟구치는 경이
로운 힘을!

"일체의 글 가운데서 나는 피로 쓴 것만을 사랑한다. 쓰려면 피로 써라. 그러면 너는 피가 곧 넋임을 알게 될 것이다. 다른 사람의 피를 이해한다는 것은 쉬운 일이 아니다. 그래서 나는 게으름을 피워가며 책을 뒤적거리는 자들을 미워한다."[1]

니체Friedrich Wilhelm Nietzsche의 말이다. 도대체 '피로 쓴 글' 이란 무엇일까? 글을 어떻게 피로 쓴다는 것일까? 니체의 이 말 앞에서 우리는 질문을 던지지 않을 수 없다. 인문학공동체 '수유너머'에서 니체 모임을 이끄는 류재숙 작가와 '피로 쓴다'에 담긴 의미에 대해 대화를 나눴다. 대체로 피는 '생명'을 의미한다. 그리고 '피땀을 쏟는 열정'을 뜻하기도 한다. 그렇다면 니체가 단지 글쓰기의 열정 또는 열정적인 글쓰기를 표현하기 위해 '피'라는 표현을 사용하였을까? 대화 끝에 우리 두 사람은 니체가 '피'라는 메타포를 통해 말하고자 하는 바가 '삶의 체험'이라는 결론에 도달했다.

니체 사상의 강조점은 언제나 천상에서 지상으로, 피안

의 세계에서 차안의 대지로, 관념에서 몸으로, 형이상학에서 삶과 체험으로 향한다. 그러므로 '피로 쓴다'는 것은 '자신의 몸으로 직접 체험하고 사유하며 깨달은 바를 글로 쓰는' 글쓰기의 이미지를 보여준다. 다시 말해 자신의 삶과 체험을 고스란히 녹여 그 안에 자신의 넋을 담은 글을 말한다. "너의 피가 곧 넋임을 알게 될 것"이라는 니체의 말은 이를 잘 보여준다. 그렇다. 자신의 체험이 담긴 붉은 피의 잉크로 쓴 글이야말로 진정한 글이다. 자신의 넋을 담은 글이야말로 살아있는 글이 된다.

니체는 '망치질하는 철학자'로 일컬어진다. 이는 몇몇 사람들이 임의로 붙인 말이 아니라 니체의 저서 곳곳에 '해머'의 비유가 등장하기 때문이다. 그래서 사람들은 "니체가 망치를 들고 나타났다!"고 말한다. 우리는 망치의 이미지를 쉬 떠올릴 수 있다. 바위와 벽돌을 부수고, 못을 박는 데 사용하는 바로 그 망치다. 망치는 낡은 것을 파괴하는 도구로도, 새로운 건설의 도구로도 쓰인다.

니체의 망치질은 전통적인 철학적 글쓰기 방식에도 가차없이 행해졌다. 니체는 당시 풍미하던 글쓰기 패턴을 허물고 전혀 새로운 글쓰기 방식을 시도했던 것이다. 그것은 묵은 습관과 전통을 뒤집는 낯선 방식이었다. 니체의 그 망치는 우리의 낡은 글쓰기 습관을 파괴하는 도구이기도 하고 새로움을 구축하는 도구가 되기도 한다. 니체는 우리의 글쓰기를 새롭게 구축하는 망치를 우리 손에 쥐어주었다.

아포리즘의 빛나는 보석들

니체는 시인이다. 그의 대표적인 작품 〈차라투스트라
는 이렇게 말했다〉는 특이한 양식으로 쓰인 산문시이다. 이 작
품에서 니체는 자유정신과 건강한 신체와 힘에의 의지를 지닌
미래 인간의 모습을 고대의 현자 차라투스트라를 통해 그려낸
다. 그리고 그의 입을 통하여 온갖 선언적 진리와 가르침이 펼쳐
진다. 겉으로는 시詩의 장르처럼 보이지만 그 내용은 차라투스
트라의 여행기로서의 서사 구조를 지니고 있다. 산문시이면서
도 소설적 서사를 지니고 있으므로 딱히 하나의 장르로 구분하
기 곤란하다.

하지만 분명히 말할 수 있는 건 〈차라투스트라는 이렇
게 말했다〉는 전혀 새롭고 낯선 방식의 철학적 글쓰기라는 점이
다. 이 작품에는 어떤 이론이나 진리에 대한 추론적 규명이 없
다. 체계적인 논증이나 연역적 기술도, 개념적 사유도 전개되지
않는다.[2] 단지 예언자의 목소리를 통해 모든 것이 말해진다. 그
리고 화자의 발화들이 매우 직접적이고 상징적이다. 그 작품을
읽는 이들은 니체가 마치 차라투스트라의 입을 통하여 말하고

있다는 느낌을 갖게 된다.

〈차라투스트라는 이렇게 말했다〉에는 온갖 비유와 상징 그리고 패러디가 가득하다.[3] 니체는 독수리, 뱀, 거미, 타란툴라, 낙타, 사자, 아이, 당나귀, 샘, 바다, 번개, 황금빛 알 등 풍부한 상징적 메타포를 사용하고 있다. 아마 철학의 역사에서 니체처럼 비유와 상징을 능란하게 구사한 철학자는 찾아볼 수 없을 것이다. 그 작품에 나타난 특이한 문체와 고도의 상징 기법, 극화된 서사, 언어유희는 독일 문학에서도 손에 꼽힌다. 니체에게서 철학과 문학이 화려하게 결혼한 셈이다.

특히 니체는 아포리즘을 통해 자신의 사상을 표현하였다. 그런 의미에서 니체의 글쓰기를 한마디로 '아포리즘적 글쓰기'라고 말할 수 있다. 니체에게서 두드러진 문체상의 변화를 보이기 시작한 작품은 〈인간적인 너무나 인간적인〉이다. 아포리즘을 사용하는 것은 그간의 철학자들이 사용하던 글쓰기 방식을 벗어난 시도였다. 이는 철학의 내용만이 아니라 그 표현 방식에 대한 도전이자 해체 작업이기도 했다. 카우프만Fritz Kaufmann은 니체의 아포리즘 스타일은 기존의 철학적 체계에 대한 철학적 비판이라고 평가하였다.[4]

아포리즘 즉 경구는 나무 모델을 지닌 논문과는 전혀 다른 쓰기 방식이다. 경구는 비체계적이다. 따라서 추론이나 증명 방식에 의존하지 않는다. 그냥 선언적으로 글을 기술한다. 그리고 짧은 하나의 문장에 여러 의미를 담는다. 또한 경구는 설득하거나 논쟁하는 방식이 아니라 자신의 생각을 툭 던지는 방식이다. 다소 일방적으로 보이는 측면이 다분하다. 게다가 경구는 여러 의미를 함축적으로 담은 상징과 문학적 비유를 즐겨 사용한다. 그러기에 과감한 생략도 즐겨 구사된다. 그래서 상당수의 독자들이 경구를 이해하거나 해석하는 데 어려움을 겪기도 한다. 여러 가지 의미로 해석할 가능성이 많기 때문이다.

그러나 경구는 그 글을 깊이 읽는 자에게 강렬한 폭풍과도 같은 방식으로, 망치에 한 대 얻어맞은 듯한 충격으로 그 숨은 의미를 드러낸다. 가령 누군가 니체의 경구를 읽을 때 단숨에 파악되지는 않지만 마침내 스스로 깨닫고 발견하는 방식으로 니체를 만나는 것이다. 니체는 경구의 이러한 효과를 잘 알고 있을 뿐 아니라 이를 기대하며 아포리즘 쓰기를 선택하였을 것이다. 니체는 차라투스트라의 입을 빌려 다음과 같이 말한다. "피와 잠언으로 글을 쓰는 사람은 그저 읽히기를 바라지 않고 암송되기를 바란다."[5] 잠언 즉 아포리즘은 가벼운 읽기가 아니라 암송이나 묵상과 같은 반복적인 읽기를 통해 마음 속 깊이 새겨지는 것이다. 이렇듯 경구는 다의적이다. 들뢰즈가 말했듯이 경구는 그 형식으로 보면 단편적 글이지만, 그 내용에 있어서는 다양한 의미를 표현하고 있는 복수주의pluralism 사유 형태이다.[6] 고정된 의미를 찾는 단 하나의 해석만을 허용하기보다 다양한 해석을 받아들이는 다의적 개방성이야말로 경구의 매력 중의 매력이다.

이진우는 아포리즘 글쓰기를 '탈현대적 철학적 글쓰기의 전형'이라고 말한다.[7] 아포리즘은 의미의 함축성과 문학적 특징을 지니고 있어서 현대인의 정서에도 잘 부합한다. 짧다고 마냥 가볍지만은 않다. 그 속에 무엇을 담느냐가 중요하다. 짧은 글 안에 깊은 사유를 담는 아포리즘 쓰기는 오늘날의 작가들과 사색가들이 도전할 새로운 대지가 될 수 있을 것이다.

스타일을 넘나드는 자유와 리듬

니체의 글쓰기에서 가장 중요한 요소는 단연 '스타일'이다. 니체는 여러 문학적 장르와 스타일을 철학적 글쓰기에 과감하게 도입하였다. 그는 자신이 저술한 작품마다 각기 다른 스타일을 사용하였으며, 하나의 작품 속에 여러 장르의 글을 담기도 하였다. 경구들로 이루어진 작품에 시를 넣기도 하고, '서곡 – 간주곡 – 후곡'으로 이루어진 음악적 구성을 시도하기도 했다. 알다시피 장르가 바뀌면 문체가 바뀌고, 글의 전개 방식과 분위기도 사뭇 달라진다. 니체가 독자들에게 강렬하고도 오래 기억되고자 하는 동기에서 각 작품마다 새로운 스타일을 사용하였으리라고 추론하기 쉽다. 낯설고 특이한 글쓰기, 상식과 전통을 벗어난 문체와 구성은 독자들의 가슴과 기억 속에 오래 새겨지기 때문이다. 그러나 니체가 다양한 스타일을 사용한 것은 단지 사람들에게 충격을 주기 위한 기술이 아니었다. 니체의 철학이 지닌 어떤 요소가 그를 그렇게 이끈 것으로 보는 것이 더 타당하다.

이순배 화백은 주로 유화를 그리는 서양화가이다. 그런데 이 화백은 끊임없이 캔버스가 아닌 다양한 재질을 활용한 작품 활동을 시도한다. 때로는 천 위에, 때로는 함석판이나 나무판 위에 그림을 그린다. 함석판을 통해 빛을 표현하기도 하고, 그 차가운 질감으로 다른 느낌을 연출하기도 한다. 또한 조각도로 나무판에 음각을 내어 물결 이미지의 양감을 드러내기도 한다. 자신에게 익숙한 작업 방식을 고수하기보다 끊임없이 새로운 시도를 하는 이유가 궁금했다. 한날은 그 이유를 물었다. 그에게서 돌아온 대답은 단순하고 명쾌했다. "하던 것만 계속 하면 재미가 없으니까요. 창조성이 없으니까요."

그의 대답을 듣던 순간 내 머릿속에는 스타일이란 단어가 떠올랐다. 그저 자기가 즐거운 방식으로, 새로운 경험을 하는 마음으로 무언가 새로운 요소를 더하고 변이를 주는 방식으로 작품 활동을 하고 있는 것이다. 마치 니체가 그랬던 것처럼! 스타일은 단지 타인에게 무언가를 보여주거나 작품을 독특하게 만들려는 기교만이 아니다. 그것은 작가의 몸과 기질 그리고 작품 활동 전체에 깃든 스타일에서 나온다.

니체는 문체에서 속도감을 중시한다. 그는 독일인의 장중하고 엄숙하고 용해하기 힘들며, 느리고 지루한 문체를 조롱한다. 니체는 "모든 것을 건강하게 만드는 바람의 걸음걸이를, 들이마시고 호흡하는 바람을, 바람의 자유로운 조롱"을 지닌 문체를 선호하였다.[8] 문체가 지닌 힘의 흐름과 속도가 사람의 마음을 움직인다.

니체는 음악가이기도 했다. 그래서 그의 글에는 리듬에 대한 남다른 감각이 배어 있다. 그는 "리듬은 생각에 빛을 더하며, 특정한 단어들을 선택하게 하며, 문장의 원자들을 분류하여 묶는다"고 말한다.[9] 니체는 율동적이며 음악적인 언어가 격언에 마술적인 효력을 발휘한다고 생각하였다.[10] 그의 글들을 읽으면 경쾌한 리듬을 느끼는 건 물론이고, 그가 구사하는 언어를 통해 선명한 이미지를 포착하고 통렬한 풍자의 재미를 느낄 수 있다.

니체는 〈선악의 저편〉의 말미에서 자유정신의 소유자들, 다가오는 미래의 철학자들의 특징을 화려하게 묘사하고 있다. 그가 묘사하는 미래의 철학자들은 특유의 섬세하고 예민한 감각의 소유자들이다. 그들은 포착할 수 없는 것을 기민하게 모색하는 손가락을 가지고 있고 소화할 수 없는 것을 소화시키는 예민한 이빨과 위장을 갖고 있으며, 날카로운 통찰력과 예민한 감각으로 작업하며, 넘치는 '자유의지'로 어떤 모험도 맞이할 준비가 되어 있다.[11] 니체는 이렇게 예민하고 강력한 감각으로 실험적인 사유와 글쓰기를 감행하는 이들을 기다리며 그들의 도래를 노래하였다. 그 핵심은 자유정신과 넘치는 에너지 그리고 리듬과 섬세함이다. 그 정신은 특정한 방식에 얽매이지 않고 여러 영역과 장르를 횡단하게끔 한다. 그런 정신은 새의 날갯짓처럼 가볍고도 자유로우며 힘차기도 하다. 또한 놀이하는 마음과 유쾌함이 가득하다.

니체가 다양한 스타일을 넘나드는 자유를 누린 것은 그의 수사학에 대한 이해에서 비롯된다. 그는 과감하게 수사학을 철학에 도입하였다. 19세기 서구 철학자들은 수사학을 철학에 비해 하위 분야로 보았다. 즉 수사학은 단지 글쓰기 기교나 현혹의 기술에 불과하다고 여겼다. 따라서 진리를 규명하는 철학적 작업에는 마땅하지 못한 것으로 취급했다. 그러나 니체는 수사학적으로 사유하였고, 수사적 언어로 독자들의 정신과 만나려 하였다. 니체는 철학과 수사학의 관계를 뒤집었다.

니체는 다음과 같이 말한다. "수사학 고유의 용무는 확신을 불러일으키는 일이라기보다는, 오히려 우리로 하여금 모든 사물에서 확신을 불러일으킬 수 있는 것에 주목하게 하는 일"이다.[12] 이는 당시 매우 새로운 관점이었다. 수사학은 단순한 설득의 기교가 아니며 그 이상이라는 말이다. 그에게 수사학은 단지 글쓰기의 도구가 아니라 철학하는 방식이었다. 이는 수사학의 본질과 용법에 대한 근원적인 뒤집기에 다름 아니다. 니체에 따르면 수사학은 사유와 언어의 본질이다. 수사학 하기는 곧 철학 하기이며, 철학적 사유는 수사학적 사유와 글쓰기에 다름 아니라는 뜻이다. 이렇듯 그는 수사학을 철학적으로 변용하였다.

　　　니체의 책들을 폭넓게 읽은 이라면 그 수사학적 감각의 능란함에 감탄하게 된다. 니체의 글은 수사학의 향연이요, 그는 수사학적 쓰기의 천재라고 해도 과언이 아니다. 그의 글들은 기발한 표현과 문학적 상징들이 가득하다. 뿐만 아니라 귀납과 추론에도 능숙하며, 풍자와 해학도 풍성하다. 오늘날에도 많은 이들이 수사학에 대해 무지할뿐더러 오해한다. 수사학은 단지 표현의 도구가 아니라 사유의 방식이자 콘텐츠를 만드는 생산의 도구이다. 즉 수사학적으로 사유할수록 우리의 사유는 새롭고 더욱 풍부한 콘텐츠를 생산하게 된다. 그러므로 글을 쓰는 이라면 수사학에 대한 자신의 태도를 검토할 필요가 있다. 수사학을 단지 글쓰기 기교로만 이해할 것인가? 아니면 수사학을 능동적으로 선택할 것인가?

글은 장인이 빚어내는 작품

자신이 쓴 글에 만족하는 이가 얼마나 될까? 아마 자신의 글에 감탄하고 찬사를 보내는 사람은 나르시시즘에 빠진 사람으로 보이기 십상이다. 글을 쓰는 이라면 누구든 남다른 글재주를 지닌 작가들을 부러워한다. 때로는 어떤 작가가 천재적 영감으로 혹은 신비로운 방식으로 놀라운 작품을 만들었다는 풍문을 듣기도 한다. 이는 니체 시대에도 마찬가지였다. 니체는 당시 풍미하였던 천재나 영감에 대한 믿음을 철저히 해부하였다. 그는 기적적인 영감이나 하늘에서 비치는 은총의 빛으로 작품이 만들어졌다는 식의 그릇된 믿음에도 망치를 휘두른다.[13] 나아가 천재를 예찬하는 일은 한마디로 허영심이 만든 현상이라고 단언한다. 천재적인 예술가들의 능력은 결코 놀라운 불가사의나 아주 희귀한 우연이나 천상의 은총 같은 것이 아니라는 것이다.[14]

니체는 천재에 대한 이런 신앙은 작품이 만들어지는 과정을 대중들이 모르기 때문이라고 보았다. 대중은 완성품에 대해서는 경탄하지만 작업 과정을 통해 '생성 중인 것'에 대해서는 멸시하는 풍토가 있다. 그래서 작가는 미완성의 작품을 공개하지 않는다. 니체는 이처럼 완성품으로서만 그 실체를 드러내는 예술의 특성 때문에 천재 신화가 만들어진다고 보았다. 천재란 대중들이 만든 신화이자 작품의 효과를 위한 일종의 신비주의란 것이다.

　　한걸음 더 나아가 니체는 천재의 진실을 밝힌다. 그는 "천재는 없다!"고 말하지 않는다. 오히려 위대성을 드러내고 천재가 된 이들에게 어떤 하나의 공통된 특징이 있다고 말한다. "그런 이들은 누구나 하나의 커다란 전체를 감히 만들려 하기보다는 그 전에 우선 부분을 완성시키는 것을 배우는, 저 정통적인 장인의 성실함을 갖고 있다."[15] 즉 천재성이나 위대한 작품은 '수공업적 성실성의 결과'라는 것이다. 수공업적 성실성이 누적되면 숙련이 되고, 이어 전문가가 된다. 연습에 연습이 이어지고 실패에 실패가 연속된다. 이윽고 숙련이 누적되면서 어떤 경지에 이르는 것이다. 기발한 발상, 이미지의 파편, 스토리의 흐름, 어떤 새로운 아이디어들조차도 대개 작품 활동에 몰입한 결과 자신의 경험과 정보가 종합되면서 자신의 내부에서 길어 올린 어떤 것들이다. 그러므로 타고난 재능이 많든 적든 수공업적 성실성이 중요하다는 뜻이다. 니체는 말한다. "모든 위인은 착안에서뿐만 아니라 버리는 데 있어서도, 또 가려내거나 수정하거나 정리하는 데 있어서도 지칠 줄 모르는 위대한 노동자인 것이다."[16] 니체는 사실 이런 질문을 던지고 있는 셈이다. 여러분 모두가 예술가가 될 수 있고 천재가 될 수 있는데 스스로가 포기하는 것이 아닌가?

작가의 글쓰기, 시인의 시작, 소설 쓰기, 아티스트나 건축가의 작업, 음악가의 공연 등 대다수의 예술적인 창조 작업은 그야말로 수공업적 작업이다. 실로 장인정신이 필요한 영역이다. 하나의 작품을 만들기 위해 혼신의 힘을 쏟아 붓는 과정을 거쳐 마침내 작품이 탄생한다. 아무리 기발한 착상이나 깊은 사유의 분비물이 있다고 할지라도 글자 하나하나, 악보 하나하나, 이미지 조각 한 컷 한 컷, 스토리 하나하나, 동작 하나하나, 손가락 터치 하나하나, 한 호흡 한 호흡 분절된 소리들의 연결과 리듬의 접속, 선과 선의 만남, 물감 한 방울 한 방울을 연결하는 수작업을 거쳐서 예술 작품은 탄생한다. 글쓰기 역시 마찬가지이다. 남들이 보지 못하는 것을 보는 눈, 남들이 느끼지 못하는 것을 느끼는 감각, 남들이 포착하지 못하는 것을 채취하는 섬세함 역시 자신의 사유와 신체와 감각을 몰입하고 훈련한 결과이다. 유명한 작가의 기발한 표현이나 예술가의 즉흥적인 연기 역량 역시 지금까지 투입하였던 에너지와 땀의 결정체일 뿐이다.

'천재'가 가공된 신화라는 것을 알면 우리는 용기를 가지게 된다. 나도 할 수 있다! 그리고 지금이라도 초심자의 마음 혹은 장인정신으로 내 정신의 촉각과 손가락을 성실하고 섬세하게 움직이면 된다. 글쓰기의 가장 아름답고 위대한 모습은 지금도 내가 글을 쓰고 있는 바로 그 순간이다. 글쓰기의 기적은 매일매일 혹은 조금씩 쓰기를 지속한다는 그 꾸준함에 있다. 숙

련공이 될 때까지, 장인처럼 능숙해질 때까지.

온몸으로 쓰는 글쓰기의 황홀

니체는 디오니소스적 인간이다. 익히 알려진 대로 디오니소스는 고대 그리스 신화에 등장하는 포도주의 신이자 풍요와 황홀경의 신이다. 디오니소스 축제는 춤과 음악 그리고 제의를 통하여 황홀경을 경험하는 축제로 알려져 있다. 니체는 스스로를 디오니소스와 연결하여 이해했고, 종종 디오니소스적 상태에 빠지기도 하였다. 고도의 몰입, 지치지 않는 열정, 멈출 수 없는 충동, 광기에 가까운 현상이 그 특징이다.

실제로 1889년에 니체는 그러한 상태를 경험했으며 이후 놀라운 창작열을 불태워 짧은 기간에 상당수의 중요한 저작들을 쏟아냈다. 니체의 친구인 프란츠 오베르벡Frantz Overbeck은 이렇게 증언한 바 있다. "유일무이의 표현력의 대가인 니체는 막상 자신이 느낀 기쁨의 황홀경을 몹시 진부한 표현이나 괴상한 춤과 뜀뛰기 말고는 달리 표현할 능력이 없었다."[17]

글쓰기는 단지 책상 위에서 고요히 사색하며 펜을 움직이는 정적인 작업이 아니다. 오히려 자신의 사유와 신체가 전체적으로 동원되는 동적인 작업이다. 더구나 '위버맨쉬'Übermensch,

초인를 노래하며 미래의 인간을 예고하는 니체에게 글쓰기는 더이상 건조하고 침착한 논리로만 전개하는 작업일 수 없었다. 그래서 니체의 글에는 음악적인 리듬이 일렁인다. 명령어와 느낌표로 마무리하는 격정적인 외침도 들려온다. 번뜩이는 영감과 광기와 같은 에너지가 흘러나오기도 한다. 니체의 방식을 일상적이라고 할 수는 없다. 또한 모든 이들이 언제나 추구해야 할 경지라고 할 수도 없다. 하지만 누구든 글쓰기의 어느 한 정점에서 일상의 심리상태를 벗어나는 경험을 하기도 하고, 환희와 생경한 기운으로 가득한 상태에서 글을 쓸 수도 있다. 그러한 경험은 글 쓰는 자들에게 허락되는 특이한 경험이자 특권일 것이다.

　　　작가 세계에서 흔히들 '글신'神이 찾아와야 글이 써진다는 농담을 던지곤 한다. 시인들은 '시마'詩魔에 대해서 말하기도 한다. 이런 말들은 작가들의 체험에서 우러나온 이야기이다. 글 바깥의, 작가 바깥의 그 무엇을 말하고 있는 것이다. '시마'란 시를 쓰게 하는 '글신' 또는 '어떤 힘'을 말한다. 다분히 문학적인 비유이다. 시마가 찾아와서 자신을 사로잡을 때 시가 저절로 써진다는 것이다. 아무리 애를 쓰고 집중하면서 많은 시간을 들여도 한 줄도 써지지 않던 글이 어느 순간 술술 써질 뿐 아니라 좋은 글이 되더라는 작가들의 경험을 그렇게 표현한 것이다. 이를 문학적 '영감'inspiration이라고도 하고, '몰입 상태의 경지'라고도 한다. 도저히 자신의 힘이라고 믿기지 않는 그런 상태에 사로잡혀 글을 쓴 것이다. 많은 작가들이 그런 식으로 글을 썼던 경험과 순식간에 작품을 완성한 후 느끼는 황홀감을 증언하고 있다.

"시마詩魔에 들었다고 생각한 적이 있다. 첫 시집《물 속의 아틀라스》(1988년, 고려원)를 내던 무렵의 몇 달 동안과 세 번째 시집《적멸의 즐거움》(1999년, 문학동네)을 출간하기 전의 한두 계절 동안을 누군가가 불러주듯이, 마치 안에서 뿜어져 나오듯이 하루에도 예닐곱 편 이상의 시를 내리닫이로 썼었던 것 같다. 출판사에 시집 원고를 넘기고 공판 인쇄에 들어간 중에도 수십 편의 시들을 교체하는 극성을 떨기도 했으니, 이제 와 돌아보니 썩 변변치도 않은 시들을 두고 시마니 뭐니 입설에 올린 일이 스스로 부끄럽기만 하다. 하기사 시마도 늘어 사람의 집 문간에 걸터앉아 숨 고르기만을 하고 있는지 요사이는 그때의 신열 오르던 순간들, 한 구절, 한 구절 받아 적기에도 벅찼던 순간들이 매오로시 그립기만 한 것을……."

시집《불멸의 샘이 여기 있다》(2013년, 문학과지성사),《적멸의 즐거움》등으로 알려진 김명리 시인이 자신의 페이스북에 올린 이야기이다. 참으로 아름다운 이야기가 아닌가!

시마란 무엇인가? 시의 내용이 무엇이든 그 글쓰기의

흐름이 자신의 외부에서 강력한 힘으로 임하는 듯하는 경험이다. 시의 귀신이자 에너지이고, 영감이자 힘이다. 마치 '접신'接神을 하듯 자신을 장악하는, 불가항력적인 힘을 경험한 것이다. 사실 시마라는 실체가 따로 존재하겠는가! 하나의 은유이다. 그 힘과 기운이 시인의 외부에서 온 절대적 힘이라고 느낄 정도로 강렬하게 전개되는 글쓰기의 역동적 흐름을 표현한 것이다. 사실은 시인의 내부에서 터져 나온 것이다. 글을 쓰지만 마치 자신이 글을 쓴다고 생각되지 않을 만큼 마구 쏟아져 나오는 언어들과 새로운 표현들과 이미지들. 그리고 놀라운 속도와 힘의 춤만이 넘실댄다. 글을 쓰지 않고는 견딜 수 없게 만들고, 마치 신들린 듯이 써내게 하는 힘, 자신을 뒤흔들고 붙잡고 내달리게 하는 체험을 그렇게 말하는 것이다. 이러한 시마 현상은 니체의 디오니소스적 광기와 비슷한 측면이 있다고 할 수 있다.

글쓰기는 넋이 담긴 자기 삶의 고백

모든 글은 글을 쓰는 나에게서 비롯된다. 그런 까닭에 글과 나는 분리될 수 없다. 그런데 놀랍게도 많은 이들이 다른 사람의 작품과 책으로부터 글을 만들어낸다. 그런 글은 자신이 썼지만 자신의 삶이나 생각이 전혀 담기지 않은 글이다. 그런데

도 자기 손으로 쓴 글이므로 그 글의 주인이 자신이라고 착각한다. 그렇다면 자신의 삶과 체험을 담은 글은 어떻게 쓰는 것일까? 자크 라캉Jacques Lacan은 '자아의 글쓰기'라는 개념을 사용한 적이 있다.[18] 정신분석의 상담 과정에서 피분석자가 자신의 삶을 이해하고 온전한 자신의 길을 발견하면서 나아가는 과정을 '자아의 글쓰기'라고 부른 것이다. 라캉은 자신이 살아온 이야기를 자기 입으로 말하는 것을 '텍스트'text라고 말한다. '자아의 글쓰기'란 다름 아닌 '자기 자신으로 살아가기'이다. 그리고 그것을 '자기의 입으로 말하는 것'이다. 라캉은 주어진 나, 만들어진 나, 흉내 내는 나가 아닌 '주체'가 되는 길을 강조한다. 그것은 다름 아닌 자신의 삶을 자기 입으로 말하는 것이다. 혹은 자기 손으로 쓰는 것이다. 이것이 자아의 글쓰기의 요체이다.

거듭 이야기하지만 글쓰기란 자기 고백이어야 한다. 자신의 피가 배인 자기 넋의 드러남이어야 한다. 우리는 다른 사람이 듣기 좋아하는 말을 골라 꾸며서 말하는 방식에 얼마나 길들어 있고 또 그런 작업에 얼마나 노련한가? 대부분의 작가들이나 글 쓰는 이들의 꿈은 소박하다. 혼신을 다하여 내 글, 진짜 글을 쓰고 싶어 한다. 내 삶이 나의 텍스트가 되기를 바란다. 그리고 그런 글이 독자들의 가슴에 작은 파동이라도 전한다면 더할 나위 없이 기쁠 것이다.

사람의 손가락마다 각각 고유의 지문이 있듯이 우리 삶

에도 나만의 '삶의 지문'Soul Print이 있다. 삶의 지문은 나만의 고유한 삶의 이야기이자 그림이고 텍스트이다. 손가락 지문은 태어나면서부터 미리 정해져 있지만, 삶의 지문은 살아가면서 그려내는 지문이다. 삶의 지문이 가장 아름답게 그려지는 때는 각자가 자기 길을 걸어가고, 자기 말을 하고, 자기 글을 쓸 때이다. 순간순간 삶의 지문을 새기는 일, 이것이 나만의 글쓰기가 이루어지는 방식이다.

시인 이성복은 삶과 글에 대해 다음과 같이 말한다.

"좋은 글은 내가 쓰는 것이 아니라 나를 통해 인생이 쓰는 거예요. 그냥 말 한마디 툭 던지는 것 같은데 그 속에 인생 전체가 다 들어 있어요."[19]

"말하기 위한 말은 소음에 지나지 않아요. 우리가 하는 말에 인생 전체가 걸려 있어야 해요. 그렇지 않으면 말하는 대신 침묵하고, 작가 대신 독자가 되어야 해요."[20]

자신의 삶이 담긴 글을 쓰기 위해서는 세 가지가 필요하다. 먼저 규정적인 질서나 체계에 묶이지 않고 나만의 개성과 고유한 차이를 지닐 때 가능하다. 녹음기를 재생하듯 내 속에 입력된 다른 이의 말과 생각을 그대로 반복하지 말아야 한다.

그리고 두려움 없이 자기 이야기를 할 때 자기 삶이 담긴 글을 쓰게 된다. 이는 개인정보나 자신이 경험한 모든 일을 숨김없이 그대로 노출한다는 뜻이 아니다. 자신의 이야기를 담은 글을 쓴다는 것이다. 소설의 경우에는 익명의 화자를 통해 자기 이야기가 전개될 것이다. 시의 경우에는 시 속의 화자나 사물을 통해 자기 이야기와 자기 생각을 드러낼 것이다. 수필이나 다른 종류의 글들도 마찬가지다. 글은 자기 삶의 흔적이다. 그 어떠한 글을 쓰더라도 그것은 나의 삶과 이야기의 일부가 된다. 그 이야기를 사랑하고 그 속으로 기꺼이 들어갈 때 자기 글이 나오는 것이다.

또한 자기 스타일을 실험하고 늘 새롭게 발견할 때 새로운 자신을 자신만의 방식으로 담을 수 있다. 모든 것은 선택이다. 심지어 스타일조차 그렇다. 어떤 장르, 어떤 표현법을 사용하느냐에 따라 글쓰기 스타일은 달라진다. 하나의 장르, 하나의 글쓰기 방식을 고수할 때 우리는 그 장르의 규정성을 벗어나기 어렵다. 다양한 장르의 글을 시도하고 다양한 스타일을 실험하는 횡단적 글쓰기를 추구한다면 그 작업의 힘겨움 이상으로 솟구치는 환희와 즐거움을 경험하게 된다.

절반의 재능만 담긴 작품에 탐닉하지 말라

……

침묵을 선택했다면 온전히 침묵하고

말을 할 때는 온전히 말하라

……

절반의 삶은 그대가 살지 않은 삶이고

그대가 하지 않은 말이고

그대가 뒤로 미룬 미소이며

그대가 느끼지 않은 사랑이고

그대가 알지 못한 우정이다

절반의 삶은 가장 가까운 사람들에게 그대를 이방인으로 만들고

가장 가까운 사람들을 그대에게 이방인으로 만든다

칼릴 지브란의 작품 〈절반의 생〉의 한 대목이다. 이 잠언적 작품에서 우리는 자신의 삶을 살아간다는 것의 정수를 발견할 수 있다. 전체적인 삶, 온몸을 던지는 삶, 마음과 몸과 에너지를 다하여 살아내는 삶의 운동이 바로 그것이다. 그는 글쓰기에 관해서도 말한다. 절반의 글이 아닌 글, 절반의 작품이 아닌 작품, 절반의 말이 아닌 말이 그것이다. 자신의 모든 재능과 기운이 담긴 글을 쓰라고 안내한다. 이는 대충 쓰는 글이 아니다. 절반의 삶을 사는 때의 '그대는 그대 자신이 아니다'라고 말한다. 이 글은 다음과 같이 마무리 된다.

그대는 할 수 있다

그대는 절반의 존재가 아니므로

그대는 절반의 삶이 아닌

온전한 삶을 살기 위해 존재하는

온전한 사람이므로……

니체가 세상에 내놓은 새로운 방식의 글쓰기는 니체가 추구한 삶의 스타일이었다. 그것은 또한 그가 제시한 '위버맨쉬'의 라이프 스타일이기도 하다. 위버맨쉬는 누구인가? 그 어디에도 얽매이지 않고, 끊임없이 자기 자신의 한계를 극복하며, 자신에게 주어진 삶을 언제나 신선하게 갱신하는 자, 그가 위버맨쉬다. 글쓰기라는 관점에서 말하자면 그 어디에도 속박되지 않고, 자신을 둘러싼 온갖 경계를 넘어서며, 언제나 새로운 방식의 글쓰기를 감행하는 자이다.

니체에 따르면 미래의 철학자들은 '시도하는 자' 즉 '실험하는 자'이다. 자유로운 정신을 지닌 자는 새로운 시도를 하는 자이다. 예술가들과 문학가들은 대개 자유로운 영혼을 지닌 자들이다. 그래서 언제나 새로운 시도를 하고 도전을 즐긴다. 미답의 영역을 향해 나아가는 그러한 모험을 통해서 새로운 창조가 일어나며, 새로운 자기가 생성되는 법이다. 모든 글쓰기는 모험이며 모든 작가는 모험가들이다.

니체는 글을 쓰는 우리 모두에게 다음과 같이 말하고 있다. 자신의 삶을 피로 쓰라. 새로운 사유의 실험을 하라. 무언가 다른 내용의 글쓰기를 시도하라. 하나의 고정된 장르나 스타일에 갇히지 말고 새로운 영토를 만들어내는 용기를 가져라. 장인이 되어라. 내 혼을 매료시키고 즐거움을 줄 뿐만 아니라 소리 내어 읽을 때에 물 흐르는 듯한 리듬감을 가미하라. 춤추며 노래하듯 쓰라. 다양한 스타일을 구사하는 창조적 스타일리스트가 되어라. 무엇보다 모험하고, 그 모험을 즐겨라.

일체의 글 가운데서
나는 피로 쓴 것만을 사랑한다.
쓰려거든 피로 써라.

2장

글 속으로 표류하라

블랑쇼와 함께 떠나는 글쓰기의 모험

모리스 블랑쇼 Maurice Blanchot, 1907~2003

비철학자이면서도 철학자들에게 큰 영향을 미친 작가, 블랑쇼! 그의 글은 그 누가 읽어도 모호하고 난해하다. 무언가 말하지만 형체가 없어 보인다. 심지어 그는 이렇게 말한다. "카오스가 말하도록 내버려두라!" 이렇듯 모호한 방식으로 말하는 그를 제대로 읽는 방법이 있다. 블랑쇼와 비슷한 방식으로 읽는 것이다. 그것은 모호한 채로 읽을 뿐, 글을 탐구하지 않는 것이다. 애써 의미를 찾거나 해석하려 들지 않는 일이다. 가볍게 음악을 들으며 고요히 느끼는 정도면 충분하다.

"쓰다. 내 삶을 채운, 그리고 내 삶을 매혹시킨 유일한 것. 나는 그것을 했다. 쓰기는 단 한순간도 나를 떠나지 않았다."[1]

프랑스 소설가 마르그리트 뒤라스Marguerite Duras가 남긴 아름다운 말이다. 그녀는 자신을 매혹시킨 글쓰기 행위를 위해 자진해서 고독을 선택하기도 했고, 언제나 그녀는 글쓰기의 고독에 대해서 강조하였다. 자신의 몸이 실제로 홀로 살아가야 하는 고독 말이다. 그래서 한때 가정을 떠나 한적한 곳에서 혼자 살아가며 글을 썼다고 한다.

모리스 블랑쇼Maurice Blanchot 역시 깊은 고독과 은거를 택한 작가이다. 수많은 작품을 남겼지만 대중 앞에 나서지 않았고, 베일에 가려진 그의 얼굴을 직접 목격한 사람도 드물 정도였다. 그는 칩거와 물러남의 공간에서 글쓰기 작업을 했다. 주로 소설과 비평적 글을 썼지만, 그의 글들은 문학의 영토를 넘어 20세기 담론 전체에 큰 파장을 남겼다. 2003년 블랑쇼의 장례식에서 낭독한 자크 데리다의 추도사는 그의 영향력을 단적으로 보여준다.

> "어떻게 바로 여기서, 이 순간, 이 이름 모리스 블랑쇼를 부르는 순간, 떨지 않을 수가 있단 말입니까?"[2]

데리다와 똑같은 떨림은 아닐 테지만 블랑쇼의 글을 읽는 사람에게는 묘한 떨림이 일어난다. 블랑쇼는 철학자는 아니지만 철학적 주제를 많이 다루었다. 텍스트, 사유, 언어, 문학, 부재, 미지, 고독, 어둠, 죽음, 무無, 공동체 등이 그가 주로 다룬 주제였다. 그의 글에는 단숨에 파악하기 힘든 역설적인 표현이 자주 등장한다. 쉬운 언어를 즐겨 사용했지만 모호성이 가득하고 때로는 수수께끼와도 같았다. 그럼에도 불구하고 독자들은 블랑쇼의 글을 읽으면 읽을수록 그 목소리에 공명하고 무언가를 깨달으며 전율하곤 한다. 그의 글은 마치 어떤 공안公案을 던지듯이, 읽는 이를 어둠 속으로 내던지고 모호함에 직면하게 만든다. 이것이 블랑쇼의 스타일이다.

바깥의 경험, 문학의 출처

블랑쇼의 모든 작품에서 찾아볼 수 있는 하나의 주제는

'바깥'이다.[3] 그의 글쓰기는 온통 '바깥'에 대한 모색과 다가감의 흔적으로 가득하다. 블랑쇼에 따르면 문학, 즉 글쓰기는 '바깥'에서 출발하고, 궁극적으로 '바깥'을 향해 나아간다. 또한 '바깥'은 작가와 독자가 만나는 자리이기도 하며, 작품은 궁극적으로 '바깥'에서 사라진다.[4] 그는 문학의 가능성에 대해 끊임없이 의문을 던지며 글쓰기의 '바깥'을 사유하였다. 따라서 그의 사유를 '바깥의 사유' 혹은 '외부의 사유'[5]라고 칭하기도 한다.

그렇다면 이 '바깥'은 무엇이며 도대체 어디인가? 이를 한마디로 정의하는 일은 불가능할뿐더러 전혀 블랑쇼적인 접근이 아니다. 분명한 것은 바깥이란 문학의 내부가 아닌 곳, 글이나 글쓰기 행위가 아닌 그 바깥을 가리킨다. 박준상은 '완전한 바깥'이라는 개념으로 블랑쇼가 말하는 '바깥'의 어떤 지점을 우리에게 보여준다. 박준상에 따르면 바깥은 문학에 사용되는 모든 언어의 바깥이자, 문학 작품 이전에 군림하는 '완전한 바깥'이다.[6] 이는 현실의 세계에도 발붙이지 못하고, 그렇다고 '어떤 이상적이고 본래적인 또 다른 세계' 안으로 들어가지도 못한 자가 추방당한 어떤 지점 혹은 공간이다.[7] 가시적인 물리적 공간이 아니라 어떤 경험이다. 이를 '바깥의 경험'이라고 한다.

바깥의 경험은 추방당함의 경험이다. 삶으로부터 추방되고, 익숙한 세계로부터 추방되고, 경계선 바깥으로 내던져져서 자기 존재의 바닥을 잃어버린 자가 되는 경험이다. 내게 친숙했던 삶의 자리로부터 격리되어 홀로 광야의 어둠 속에서 더 이상 기댈 곳이 없는 상태, 낯선 나를 발견하고 더 이상 나를 말할 수 없는 상태, 결국 더 이상 예전처럼 살거나 말할 수 없는 자리이다. 이것이 바깥의 경험의 풍경이자 온도이다. 바깥의 경험이란 불행의 경험 혹은 고통의 경험이라고 바꿔 말해도 무방하다. 그러나 그 강렬함의 정도가 결코 가볍지 않은 불행과 고통의 심연, 마치 죽음과도 같은 경험이다. 질병, 죽음으로 다가감, 사회적 배제와 추방, 고립, 상실, 이별, 포로됨, 타인의 죽음, 버림받음에서 오는 고통 등에 의해 나의 모든 친숙한 세계가 해체되어 자신의 죽음이 선고된 듯하고 오로지 불가능성만을 경험할 수 있는 그런 체험이다.

　"내일 종말이 온다 하더라도 나는 오늘 한 그루의 사과나무를 심겠다"고 한 긍정의 철학자 스피노자는 모진 바깥의 경험을 겪은 철학자였다. 어느 날 스피노자는 한 자객의 습격을 당한다. 자객이 휘두른 단검에 그의 외투는 찢겼다. 그러나 스피노자는 외출할 때마다 그 외투를 그대로 입고 다녔다고 한다. 또한 스피노자는 자신이 속한 유대인 공동체로부터 추방당하기도 하였다. 그가 23세일 때 그가 속한 유대인 공동체로부터 이단으로 낙인이 찍히고 파문당한 것이다. 이후 그는 안경 렌즈를 세공하면서 생계를 이어나간다. 자신이 합법적으로 승계받을 수 있는 모든 유산을 누이에게 기꺼이 넘겨주기까지 한다. 기꺼이 가난과 고독의 길을 걸으며 정신의 자유를 선택한 것이다. 이 추방의 경험은 스피노자를 철학의 길로 접어들게 하는 계기가 된다. 추방당함으로써 스피노자는 새로운 삶과 철학적 글쓰기를 비로소 시작하게 된 것이다.

이처럼 글쓰기는 어떤 경계 지점에서 시작된다. 과거의 나와 새로운 나를 구분 짓는 어떤 사건이 그 경계 지점에 자리하고 있다. 사회적 추방의 경험, 지금까지 내가 긍정하고 익숙했던 것들과의 결별, 더 이상 과거처럼 살 수 없는 환경으로의 내쳐짐, 사회적 자아의 죽음, 낯선 나로 시작하여야만 하는 불가피한 강요가 새로운 글쓰기의 출발점이 된다. 새로운 사유는 이러한 낯선 경험에서 시작된다. 전복적 글쓰기는 전복된 삶에서 출발한다. 무언가 파격적이고 신선하게 글을 쓰려는 의도로 글의 소재나 구성이나 표현을 특별하게 한다고 곧바로 새로운 글이 되는 것이 아니다. 자신의 삶이 뒤집히는 경험, 그것이 새로운 글쓰기, 진정한 글쓰기의 토대가 된다.

블랑쇼는 이 바깥의 경험을 밤의 경험에 비유한다. 이 경험은 "영원히 흩어져 가고 조각나는 기이한 숨막히는 밤이 ─ 타자가 그 부재, 그 영원한 먼 거리로 인해 그와 관계하면서 그를 침해해 들어오도록 ─ 그를 떼어놓고 밀쳐내는 또 다른 밤"의 경험이다.[8] 우리가 상냥하게 대하는 '최초의 밤'과는 달리 '또 다른 밤'은 우리를 상냥하게 맞아들이지 않는다.[9] 이 밤 안에서 우리는 언제나 바깥에 머물게 된다. 그리고 영원히 그 밤에서 빠져나올 가능성을 상실하게 된다. 이 밤 속에서 우리는 고통의 수렁으로 돌입하고, 나 자신이 타자가 되어버린다.

이 바깥은 공간적 거리로서의 바깥이나 먼 곳이 아니다. 어쩌면 우리의 가장 가까운 곳에 존재하는 공간, 우리의 가장 깊은 곳에 존재하는 그런 지점이다. 자신의 삶 안에서 직면하는 죽음의 경험, 영혼의 어두운 밤과 같은 것이다. 따라서 '또 다른 밤'이 초래하는 이 바깥은 자신의 힘으로 조금도 움켜쥐거나 통제할 수 없는 불가능성의 장이다. 블랑쇼에 따르면 이러한 지점이 글쓰기의 바깥이며, 문학의 근원적 출처이다.

고통의 심연에서 솟구치는 글

바깥의 경험은 작가를 글쓰기로 몰아간다. 더 이상 어찌할 수도 없고 달리 할 것도 없는 절망, 그 어디로도 향할 데가 없고 모든 것으로부터 단절된 절망, 모든 출구가 막혀 유폐된 골방에서 펜촉이 움직이기 시작한다. "글쓰기는 글 쓰는 이로부터 펜을 앗아가는 절망 속에서만 그 근원을 갖는다."[10] 그리하여 죽지 않기 위하여, 아니 견디기 위하여, 살아남기 위하여 글을 쓰는 것이다.

작가 세계에서 흔히 오가는 말이 있다. 작가는 다음의 세 가지 상황을 경험할 때 절로 글을 쓰게 되고, 죽을힘을 다하여 글을 쓰며, 어디선가 글이 흘러나온다고 한다. 그 첫째는 견딜 수 없는 고통의 상황이다. 그 상황은 망가짐, 위안이 없는 고독과 절망으로 전 존재가 죽어가는 고통의 극점, 재난의 카오스이다. 둘째는 사랑에 빠졌을 때이다. 사랑은 감미로운 경험이자 절대적 감정의 향유이다. 또한 그만큼 실로 아픈 경험이기도 하다. 언제나 긴장과 두려움 그리고 고통을 수반한다. 그런 까닭에 사랑에 빠진 이는 환희와 아픔으로 가득한 언어를 쏟아낸다. 셋째는 지독한 가난이다. 궁핍의 바닥에서 스스로 버티기 위해, 살기 위해 아니 죽을 수 없어서, 때로는 한 줌의 양식을 얻기 위해 글을 쓰게 된다. 살기 위해, 생계를 위해, 살아남기 위해 쓰지 않을 수 없는 바닥에서 쓰는 것이다. 처절한 몸부림이자 비명이다.

누구든 삶이 여유롭고 편하고 즐거우면 텅 빈 소비자가 되기 십상이다. 하지만 아프고 아프면 무언가를 쓰면서 견딘다. 그래서 사람이 글을 쓰는 것이 아니라 글쓰기가 사람을 쓰고, 글이 사람을 이끌며 글을 만들어가는지도 모른다. 쓰지 않고는 견딜 수 없는 상황에 던져진 삶의 콘텍스트에서 텍스트는 만들어진다. 어느 경우든 글쓰기의 근원은 실로 고통의 밑바닥이다. 글쓰기, 그것은 '결여에 따라 쓴다는 것'이고[11] 유일한 현전現前의 방식으로서의 견딤이다. 아울러 블랑쇼는 이렇게 말한다.

"작가는 죽을 수 있기 위하여 글을 쓰는 자이고, 그리고 그는 죽음과의 예견된 관계에서 자신의 글쓰기 능력을 길어오는 자이다."[12]

"죽지 않기 위하여 글을 쓰는 것, 살아남을 작품에 자신을 맡기는 것"[13]

그렇다, 쓰기란 '죽기'이자 '살기'이며, '죽음'이자 '생산'이다. 따라서 글쓰기는 일종의 통제할 수 없는 광기가 된다. 블랑쇼는 카프카를 언급하면서 이 광기를 역설적으로 묘사한다.

"카프카가 쓰지 않으면 미칠 것 같기 때문에 쓴다는 사실을 한 친구에게 알려줄 때, 그는 쓴다는 것이 이미 광기, 자신의 광기이며, 일종의 의식 밖에서 깨어있는 것, 불면의 상태에 있는 것이라는 사실을 알고 있다. 광기에 대항하는 광기인 것이다."[14]

글을 쓰는 것은 '쓰지 않으면 미칠 것 같다'는 광기를 제어하는 광기와도 같다는 것이다. 이는 두려움에 대항하는 광기와도 같다. 이 두려움이라는 최초의 광기는 "그를 가로질러 지나가고 찢어놓으며 고양"시키는데, 이는 글을 쓰지 않고는 "견딜 수 없는 한계까지 이르는 압력"[15]을 가하며 내몰아가는 힘과도 같다. 고통의 심연에서 글을 쓰는 이는 글쓰기를 통해 고통을 토해낸다. 글쓰기는 비명이자 탈출이기도 하고, 울음이자 웃음이기도 하다. 결국 글쓰기는 출구이자 입구이다. 삶이 여유롭고 안락하면 누구나 가볍고도 고상한 향유자가 되려 한다. 글쓰기를 할지라도 가벼운 즐김을 위해 하기 쉽다. 거기에는 생산과 창조가 설 자리가 없고 소비적 흐름만이 움직인다. 하지만 아프고 아프면 무언가를 쓰면서 견딘다. 고통의 깊은 우물에서 가공되지 않은 언어들과 글들이 샘솟는다.

　　몇 해 전, 온미영 시인과 임지영 작가 그리고 나까지 셋이서 함께 글쓰기에 대해 이야기를 나눈 적이 있다. 두 사람 모두 아름다운 책을 펴낸 작가이다. 자신들이 살아온 이야기를 함께 나누고 있었는데, 두 사람 입에서 똑같은 말이 튀어나왔다. 임지영 작가가 먼저 이런 말을 던졌다. "쓰는 것으로 버티었어요." 그 말에 내 가슴이 일렁였다. 글을 쓰지 않고는 견딜 수 없는 상황에 던져진 자신의 삶의 단편을 조금 들려주었다. 그 이야기를 들으면서 블랑쇼의 '견딤'이라는 단어가 떠올랐다. 이어서 온미영 시인이 이렇게 받았다. "글쓰기를 통해 고통을 토해내죠. 글쓰기는 비명이기도 놀이이기도 하고, 울음이기도 웃음이기도 하지요." 시인의 말은 적나라했다. 글이란 고통을 토하는 일이자 비명이란 것이다. 글쓰기를 초래하는 어떤 재난, 추방의 경험, 고통의 심연, 죽음이 강요되는 어떤 밤을 그대로 드러내고 있었다. 그 밤의 심연에서 빛이 솟구친다. 글쓰기가 빛이었고, 빛을 만들었고, 빛이 되었으며, 빛을 비추어주었다. "쓰지 않으면 미칠 것 같기 때문에 쓴다"는 카프카의 말이 저절로 이해가 되는 순간이었다. 이처럼 글쓰기는 바깥의 자리에서 시작된다. 그것은 일종의 통제할 수 없는 광기와 같은 것이다.

동요에 자신을 내맡기기

블랑쇼는 글의 내부를 친절하게 안내하거나 글쓰기의 기술을 가르치지 않는다. 오히려 글 바깥의 삶이 글로 이어지고 글쓰기가 진행되는 운명을 생생하게 보여준다. 바깥의 경험은 예기치 못한 재난에 직면하는 방식으로 이루어진다. 재난(카오스)은 우리를 쳐다보지도 고려하지도 않으며 일방적으로 들이닥친다. 우리는 이를 멈출 수 없으며 속수무책으로 당할 수밖에 없다. 따라서 재난은 전적으로 우리를 수동적으로 만든다. 이는 겪음, 오직 겪어내는 것이다.

"정념과 괴로움을 겪는 것, 맹목적인 복종, 신비함 속에서 기다리면서 밤을 맞아들이는 것, 따라서 헐벗음, 자기가 자기 자신으로부터 뿌리 뽑히는 것, 집착 없음을 포함해 어떠한 것에도 집착하지 않게 만드는 집착 없음, 또는 자기 밖으로의(주도권도 없이, 동의하지도 않고 겪는) 추락."[16]

이러한 재난은 "주체의 지워짐, 주체의 소진"[17]을 초래한다. 블랑쇼에 따르면 글쓰기에는 이러한 '사라짐, 지워짐'이 요청된다. 이러한 사라짐과 지워짐을 경험하지 않는 자는 이윽고 자아의 벽을 견고히 하고 허구적인 글쓰기의 성채를 쌓게 된다. 자신의 글쓰기 재능이나 문체의 독창성을 찬양하는 자는 "다만 모든 것을 비우기를 거부하고 모두 비워지기를 거부하는 작가의 자아를 고양시킬 뿐이다."[18] 닥친 재난은 나를 가득 채운 자아와 오만을 가차없이 허물어뜨린다. 그래서 말을 잃는다. 바깥의 경험을 하는 자는 침묵으로 다가간다.

"읽지도 쓰지도 말하지도 않는 것, 그것은 묵언 가운데 머무는 것이 아니다. 아마 그것은 전대미문의 방식으로 웅얼거릴 것이다. 으르렁거림과 침묵."[19]

나라는 자아, 작가라는 자아조차 지워지고 다만 으르렁거리며 침묵하게 된다. 말을 잃어버리고 언어를 내뱉지 못하고 그저 으르렁거린다. 그는 글을 쓰지 않는다. 아니 쓸 수 없다. 그것은 글을 쓸 의지를 상실한 상태와도 같다.

"쓰기를 원하는 것, 얼마나 부조리한가. 쓴다는 것, 그것은 힘의 상실과도 같은 의지의 시효 소멸. 카덴차의 강하. 또다시 카오스."[20]

하지만 쓰지 않기 위하여 자신의 모든 에너지를 쏟아붓는 그는 결국 무언가를 쓰게 된다. 이는 마치 쓰면서 실패하고, 실패에 따라 쓰고, 결국 실패하기 위해 쓰는 몸짓과도 같다. 이런 방식으로 글쓰기는 나아가고, 그는 써지는 글 속으로 표류한다.

한 여성이 대학을 졸업하고 얼마 후 산사로 들어갔다. 그녀는 거기서 특이한 쓰기를 하게 되었다. 매일 큰 붓으로 한 일― 자字를 종이 위에 썼다. 종일토록 그 한 글자만을 썼다. 3년 동안 매일 막대기 모양 하나를 종이 위에 그려내는 단순한 작업이다. 상상해보라. 제 자리에 일어선 채로 장붓으로 바닥의 펼쳐진 종이 위에 똑같은 하나의 모양 쓰기만을 반복하는 모습을. 그것을 쓰기라 할 수 있을까? 써지는 그 한자어가 하나one를 뜻하는 걸까? 언어라고 할 수 있을까? 아니면 그저 기호일까? 거기에 어떤 의미가 있을까? 그것이 화두라도 되는 걸까? 도대체 우리는 그 쓰는 행위를 어떻게 보아야 할까? 실로 이상한 쓰기가 아닐 수 없다. 쓰기가 반복되고 쓰기만이 존재하고 먹이 배인 종이가 탑처럼 쌓여간다. 이는 수행의 방법으로서 행해진 어떤 작업이다. 그 쓰기를 글쓰기라고 말하는 것은 어처구니없는 일일 것이다. 그 여인의 쓰기는 어떤 글 작품도 남기지 않았다. 쓰는 행위만이 움직였고 써낸 사람이 있었을 뿐이다. 그 여성은 인사동의 전통의복 디자이너 김용금 선생이다. 그녀는 그 쓰기 행위를 통해 자신의 몸에 무언가를 새겼다. 나는 그 여인의 쓰기 자체가 하나의 작품이라고 생각한다. 그 쓰기가 그녀를 만들었다. 이후 그녀는 서예를 했고, 지금은 옷을 만들고 있다.

바깥의 경험은 예측할 수 없는 방식으로 삶을 요동치게 하고, 알 수 없는 흐름으로 글이 나아가게 한다. 글이 멈추기도 한다. 도저히 쓸 수 없게 되기도 한다. 블랑쇼는 그런 동요에 자신을 내맡기라고 한다.

"쓸 때, 쓰지 않는다는 것, 그것은 중요하지 않다. 따라서 글쓰기는 ― 이루어지든 이루어지지 않든 ― 변한다. 그것이 카오스의 글쓰기이다."[21]

오로지 불안정성과 동요에 글쓰기 자체를 내맡기는 것, 글쓰기 자체가 만들어가는 흐름에 따라 흘러가는 일, 글을 쓰든 혹 쓰지 않고 멈추든 그러한 글쓰기의 변화를 긍정하고 표류하는 일, 이것이 카오스(재난)의 글쓰기가 그려내는 글쓰기의 이상이라고 할 수 있다. 카프카는 글을 쓰면서 조성되고 흘러가는 자신의 집착을 온전히 따라가라고 말한다. 그가 보여주는 글쓰기가이드는 블랑쇼가 말하는 바와 똑같은 맥락이다.

"글을 쓰려면 굽히지 말라.
희석시키지 말라.
논리적으로 만들려고 애쓰지 말라.
유행에 맞추어 당신의 영혼을 편집하지 말라.
당신의 가장 강렬한 집착을 무조건적으로 따라가라."[22]

'나'에게서 '그'로 이행하는 해방

글쓰기는 글, 즉 텍스트를 만든다. 직물textile을 짜는 듯
한 글쓰기 행위를 통하여 텍스트text는 탄생한다. 그리고 텍스트
가 작품으로 이행할 때 비로소 문학이 성립한다. 텍스트는 작가
의 손에 의해 써지고, 작품은 독자들의 손에 쥐어진다. 그렇다고
텍스트와 작품을 분리하거나 양자를 대립시키는 것은 적절하지
않다. 텍스트가 이어지고 모여 작품이 되고, 작품 속에는 텍스트
가 있다. 즉 텍스트는 글쓰기 작업이나 생산과 관련되고, 작품은
독자와 관련된다. 따라서 글 쓰는 이는 어떻게든 '작품'과 독자
에 대해 사유하게 된다.

블랑쇼는 문학의 힘을 중성성에서 찾는다. 즉 문학은

중성적인 특성을 지니고 있는 언어 자체에 대한 독특한 경험에서 이루어진다고 보는 것이다. 이는 독자의 경험이다. 일상에서 우리는 언어를 언어로 경험하지 못한다. 언어는 그저 사유와 의사소통의 도구가 될 뿐이다. 그러나 문학 작품은 독자로 하여금 언어를 언어로 경험하게 하는 특이한 언어 경험을 제공한다. 문학 작품을 읽을 때 독자는 각각의 작품마다 다른 경험을 하게 된다. 이는 작가 또는 글 쓰는 이가 의식적으로 만들거나 전유하지 못하는 '그 어떤 것'이다. 블랑쇼는 이를 '언어의 익명성' 또는 '중성성'neutrality이라고 부른다.

  블랑쇼는 카프카의 말을 인용하면서 중성적인 것이 전개되는 방식을 보여준다. 카프카는 '문학이 나ich로부터 그Er로의 이행임을 깨달은 날' 문학의 풍요로움을 체험하였다고 말하였다.[23] 달리 말하면 문학이란 '나'라는 주체 대신 '그'라는 주어를 사용하는 글쓰기이며, 이러한 이행을 통해 '그'라는 화자가 말하게 하는 것이다. 이를 통해 카프카는 '전달이 불가능한 자신의 감정'을 '그'를 통해 객관적으로, 즉 중성적으로 말하게 했다는 것이다. 따라서 작가는 작품 안의 "그가 자신에서 멀어지면 멀어질수록, 자신이 더욱 현전하게 되는 것처럼 진행"되는 걸 경험한다.[24] 소설과 시와 같은 "허구의 작품은 글을 쓰는 자의 내면에 그것 없이는 자신을 표현할 수 없는 거리, 간극이 생겨나게 한다."[25] '나'로부터 '그'로의 이행, 이것이 글쓰기를 가능하게 한다. 블랑쇼는 말한다. "시는 해방이다."[26] 문학은 나로부터 그에게로 이행함으로써 이루어지는 일종의 해방의 사건이자 경험이라는 것이다.

작품 속의 '그'는 중성적이다. 어느 누구도 다른 누구도 아니다.[27] '그'는 작품을 통해 작가와 독자 사이의 관계를 설정하는 타자이자 제3의 인물이 된다. '그'의 스토리는 중성적인 그의 개입이 되며 '그'의 말은 중성적인 그 어떤 언어들이다. 설사 일인칭 화법을 사용하더라도 작품 속의 화자는 익명의 '그'가 된다. 작품 속 주인공의 고통은 '나'의 고통이 아니라 '그'의 고통이 되며, '그'의 감정은 나의 감정의 재현으로 해석되지 않고 오히려 독자의 감정과 조우하게 된다. 내가 말하는 전언이 아니라 언어의 웅얼거림과 언어가 바스락거리며 다가오는 소리가 말할 뿐이다.[28] '그'가 말함으로써 언어는 중성적이 되고, 글 쓰는 자는 탈존화脫存化되어 익명적으로 남게 되며, 중성적인 '그'의 중성적인 언어가 독자와 만나게 되는 것이다. 따라서 '나'에게서 '그'로, '작가'에게서 '화자'로 이행하는 일, '나'는 사라지고 '그'를 현시하게 하는 것이 글쓰기의 궁극적 과제가 된다. 작품이 말을 하고, 글 쓰는 이는 사라진다. 글 쓰는 이가 침묵으로 다가갈수록 '언어'가 말한다.

"글을 쓰기 위해 시간의 부재 속에 떨어져버린 인간이 이후에 '말'에 자신을 내맡기면서 빠져들어 가는 그 중성적 영역, 그가 끝없는 죽음을 통해 죽어야만 하는 그 영역으로 내려가려고 노력해 보자."[29]

블랑쇼에 따르면 가장 아름다운 글쓰기는 자신을 배신하는 글쓰기다. 작가의 죽음이다. 자신이 글을 쓰지 않고 글이 글을 쓰게 하고, 화자가 말하게 하고 자신은 사라진다. 그렇게 작가는 사라지고 글만 남는다. 사라짐은 곧 죽음이다. 그는 작가의 죽음을 선언하고 있는 셈이다. 작가의 죽음 혹은 자기 배신에 대한 사유는 이후 질 들뢰즈와 자크 데리다로 이어졌다.

사실 세간에 유행하는 대부분의 글쓰기 방식은 블랑쇼와 정반대이다. 자신의 죽음이 아니라 자신을 살리고 드높이려한다. 사라지기보다 자신을 드러내려 한다. 오히려 사로잡기 철학을 따른다. 독자를 사로잡는 글쓰기 기술, 청중을 사로잡는 강의법, 학생들을 사로잡는 교수법, 상대방을 사로잡는 대화법, 연인을 사로잡는 기술, 대중을 사로잡는 연설법, 명쾌한 프레젠테이션 기법 등의 키워드가 이런 유행을 잘 보여준다.

상대방을 사로잡아서 어떻게 하겠다는 것인가? 사로잡는다는 것은 타자를 대상화하고 장악하겠다는 뜻이다. 물론 그 워딩wording이 의미하는 바는 그렇게 폭력적이거나 일방적이지 않다는 것을 알고 있다. 하지만 궁극적으로 사람을 조작하는 테크닉과 비법을 전수하겠다는 것이다. 결국 사람들을 자신의 도구로 만드는 마법을 부리고 싶다는 의지에 다름 아니다. 블랑쇼는 글을 통해 자신을 돋보이려 하지 말고 그냥 조용히 사라지라고 말한다.

이러한 '작가의 사라짐'을 우리의 글쓰기에서 어떻게 적용할 수 있을까? 마치 무아無我의 경지에 가까워 보인다. 그가 말하는 작가의 사라짐을 신비화하거나 그 '사라짐'을 문자적으로 실천할 필요는 없을 것이다. 블랑쇼는 그저 작품에 대한 마음, 글 쓰는 자세와 관련된 그 무엇을 말하고 있을 뿐이다. 작가의 사라짐, 작가의 부재를 선언하는 마음은 자신을 비우는 마음이다. 독자를 더욱 소중하게 여기고 작품을 온전히 주고자 하는 마음씀이다. 이는 선물의 마음, 자신을 드러내지 않고, 심지어 익명으로 남고자 하는 자유이다. 글은 작가가 썼지만, 작품은 작가에게 속하지 않는다는 것을 인정하는 것이다. 그래서 자신의 에너지 안으로 독자들을 포획하려 하지 않는다. 다만 독자가 텍스트 자체와 자유로운 만남을 하리라고 신뢰할 뿐이다. 이는 실로 자기를 부인하고 기꺼이 자신을 배반하는 자유의 극한이다. 어쩌면 '노바디Nobody 문학'은 블랑쇼로부터 착상되었는지 모른다. 문학은 노바디의 세계이다. 우리는 '누군가'somebody가 되려고 한다. '썸바디'에서 '노바디'로의 이행은 작가의 성장이자 죽음이며 동시에 부활이기도 하다. 글 쓰는 이가 노바디가 될 때,

아무것도 아닌 것이 될 때 비로소 텍스트가 말하기 때문이다.

　　글쓰기란 글의 내부에서 마구 퍼올리는 어떤 것이 아니다. 언어 내부의 게임이 아니다. 글의 바깥이 글 안으로 들어오게 하는 일이다. 사람마다 저마다의 바깥의 경험이 있다. 정도의 차이가 있을 뿐이다. 블랑쇼가 말하는 바깥의 경험을 극단적인 고통의 경우로만 한정할 필요는 없을 것이다. '바깥'으로 던져짐은 극소수의 사람만이 경험하는 일이 아니기 때문이다. 우리는 모두 각자의 방식으로 바깥의 경험을 한다. 그러므로 지독한 불행이나 고통을 경험한 사람만이 좋은 글을 쓸 수 있다는 듯이 블랑쇼를 오독해서는 안 될 것이다. 가혹한 시련이나 칠흑 같은 밤을 경험하지 않고서도 얼마든지 글을 쓸 수 있다. 그것도 아름답고 고귀한 일이다. 우리 각자는 자신의 삶의 경험에서 겸허하게 출발하면 될 것이다. 하지만 견디기 힘든 고통을 겪은 사람일수록 타인의 아픔을 더 깊이 이해하고 공감하는 법이다. 슬픔의 깊은 터널을 지나온 자는 타인의 슬픔을 함께 느끼기 마련이다. 그런 경험의 바탕 위에서 쓰진 글은 읽는 자로 하여금 공감을 느끼게 한다. 글을 쓰는 자 역시 씀으로써 연대하고 읽는 자 역시 읽음으로써 연대한다. 글 안에서 서로의 바깥이 만나게 되는 것이다.

　　블랑쇼가 말하는 표류를 세 가지 차원으로 이해할 수 있다. 첫째는 내던져진 바깥의 경험 안에서의 고통스런 표류이다. 둘째는 마침내 쓰기를 감행한 이후 다만 동요로 가득한 글의 흐름 속으로 나아가는 표류이다. 마지막으로 작가 자신이 기꺼이 사라짐으로써 작품으로부터 물러서는 최후의 표류이다. 거듭 강조하지만 블랑쇼가 주목하는 바는 자아의 사라짐이다. 그는 캄캄한 밤의 경험을 겪고 견딜 때 그것이 가능하다고 보았다. 블랑쇼를 읽고 난 후, 우리는 더 이상 과거처럼 글을 쓸 수 없을 것이다. 내가 글을 만드는 것이 아니라는 것을 깨달았기 때문이다. 그리하여 내가 쓴 작품도 내 것이 아니기 때문이다. 글을 쓴 나는 노바디가 된다. 그리고 끝까지 표류하며 사라진다.

3장

날것의 언어를 사용하라

바르트와 함께 떠나는 글쓰기의 모험

롤랑 바르트 Roland Barthes, 1915~1980

롤랑 바르트의 《사랑의 단상》과 《애도 일기》를
읽으면 이유 없이 마음이 동한다. 그의 글에는
고상한 언어가 머물 공간이 없다. 자신의 마음을
그대로 토로하고, 그저 자신의 감정을 숨김없이
표현한다. 그의 언어에서 우리는 사람의 체온을
느낀다. 우리의 오랜 확신은 글이란 오색 찬란한
아름다운 옷을 입고 빛나는 얼굴로 노래하는 것
이 아닌가. 롤랑 바르트는 이를 뒤집는다. 글을
쓴다는 것은 나의 속살을 드러내고 나의 민낯을
내보이는 것이다.

"사람은 평화를 맺고 우정을 맺는다. 우정은 하나의 결론이다. 사랑은 절대적 결론이다. 사랑은 죽음, 즉 자아의 포기를 전제하기에 절대적이다. 사랑의 진정한 본질은 자기 자신에 대한 의식을 포기하고, 다른 자아 속에서 스스로를 잊어버린다는 점에 있다."[1]

인류에게 '사랑'이 없다면? 문학도 없고 글쓰기도 없을 것이다. 사랑은 문학과 예술이 다뤄온 최대의 주제다. 특히 근대 이후 문학과 예술을 꽃피운 근원적 힘인지도 모른다. 사랑을 다루는 시와 노래 그리고 소설은 사람들의 가슴에 파문을 일으키고, 그들을 사랑의 현전 앞에 서게 만든다. 사랑만큼 흔하고 상투화된 언어가 없지만, 사랑만큼 우리의 삶을 뒤흔들고 생동감 있게 만드는 말 역시 그 어디에도 없을 것이다.

사랑에 빠진 사람은 자아를 망각한다. 그래서 평소 자신의 언어를 잃어버리고 다른 언어를 사용하기 시작한다. 사랑에 빠진 사람들은 다른 언어의 세계로 들어서고, 입술과 글과 언어 감각이 새롭게 바뀐다.

롤랑 바르트Roland Barthes의 작품 〈사랑의 단상〉은 사랑에 대한 파편적 글을 담은 산문으로, 사랑에 관한 최고의 베스트셀러로 읽힌다. 독자는 그 작품을 읽으며 자신이 경험한 사랑을 반추하고, 아프고도 감미롭던 사랑의 기억을 떠올린다. 뿐만 아니라 곳곳에서 뼈에 새기고 싶은 사랑의 금언들을 발견하기도 한다.

하지만 〈사랑의 단상〉을 투명하게 읽은 사람은 그것이 바르트가 독자들을 겨냥하여 지어낸 작품이 아니란 것을 이내 깨닫게 된다. 그것은 바르트 자신의 이야기이자, 그의 삶을 담은 텍스트이다. 〈사랑의 단상〉은 바르트 자신의 체험과 심경을 그대로 토해낸 '날것의 사랑'이자 '날것의 글쓰기'이다. 따라서 〈사랑의 단상〉은 그 자체로 하나의 자서전이며, 고백문학이 가진 특성을 고스란히 지닌 작품이기도 하다.

〈사랑의 단상〉에서 바르트는 주로 괴테의 〈젊은 베르테르의 슬픔〉을 인용하며 베르테르의 감정을 빌려 소설 속의 사랑을 현실의 사랑 이야기로 끌어내고 있다. 아울러 셰익스피어의 〈로미오와 줄리엣〉, 프루스트의 〈잃어버린 시간을 찾아서〉 등 여러 문학 작품과 니체, 사르트르, 라캉, 성 아우구스티누스, 발자크, 지드 등을 언급하며 사랑의 담론을 전개한다. 이런 방식으로 바르트는 고백문학의 좁은 공간을 넘어 사랑의 담론을 확장

시켜 독자와의 대화 공간을 만들어낸다. 그리하여 마침내 사랑의 담론을 보편적인 우리 모두의 이야기로 경험하게 한다.

순백의 언어로 가득한 흐름

바르트가 〈사랑의 단상〉에 쓴 단어들은 실로 단순한 언어들이다. 그래서 맑고 투명하다. 그만큼 애틋함과 애절함이 잔뜩 묻어난다. 어떻게 이런 현상이 일어나는 것일까? 바르트의 글쓰기를 흔히 '중립적 글쓰기'라 부른다. 이는 "모든 문학적인 연극성이 면제된 백색의 글쓰기 – 아담의 언어 – 아주 유쾌한 비의미화"를 추구하는, 나아가 어떤 정치적 카테고리에도 묶이지 않고 모든 고정된 태도를 거부하고 섬세함의 원칙을 지키고 다만 즐김을 목적으로 하여 도착 지점이 없이 기꺼이 표류로 나아가기를 감행하는 글쓰기이다.[2] 바르트는 이를 '글쓰기의 영도'zero degree라고 부른다.[3] '영도0度'란 그가 추구한 글쓰기의 이상을 나타내는 어떤 지점이라고 할 수 있다.

그렇다면 영도 지점을 어떻게 표현할 수 있을까? 온도계나 계량측정기의 숫자 '0'zero을 떠올리면 혼란스러워진다. 다만 이를 위상학적으로 이해하면 어떤 이미지가 떠오른다. 경도나 위도가 없는, 그 어떤 방향도 없는, 플러스(+)도 마이너스(-)

도 아닌, 그 어떤 수량화나 위계적 질서가 없는, 무중력 상태이자 문자가 없는 원시 에덴과 같은 그런 상태 말이다. 이런 글은 언어라는 기호에, 주어진 의미에 붙박이지 않는 언어를 사용한다. 후기의 바르트는 과연 그러한 방식으로 말하고 글을 썼다. 글쓰기 이외의 그 어떠한 목적성이나 쓰임새를 거부하는, 그 어떠한 개념 규정이나 글쓰기 법칙이라는 것에 얽매이지 않는, 나아가 설득이라는 목표나 언어 묘사의 기교조차 배제한 날것의 글이 바로 그것이다.

"텍스트(글쓰기 – 저자 주)의 즐거움은 반드시 승리에 찬, 영웅적인, 근육질적인 것은 아니다. 가슴을 뒤로 젖힐 필요도 없다. 내 즐거움은 표류의 형태를 취할 수 있다. 표류란 내가 전체를 존중하지 않을 때마다, 혹은 내가 파도에 밀려다니는 병마개처럼 언어의 환상이나 매혹, 협박에 따라 이리저리 떠돌아다니는 것처럼 보여, 나를 텍스트(세상)에 연결시켜주는 그 다루기 힘든 즐김의 주위만을 빙빙 돌며 꼼짝하지 않을 때마다 나타난다."[4]

그러한 글은 여성적이다. 글을 통해 연인을 정복하거나 설득하고자 언어의 근육질을 과시하지 않는다. 오히려 자신의 마음을 있는 그대로 꾸밈없이 기술하며 흘러간다. 솟구치는 감정의 흐름에 따라 그저 표류하는 것이다.

하지만 바르트가 진정으로 강조하는 바는 '즐김'이다. 쓰기를 시작하고 그냥 흘러간다. 그것이 즐겁기 때문이다. 이 즐거움은 감정적인 유쾌함만을 가리키는 것이 아니다. 이 즐거움은 다루기 힘든 즐김이다. 글의 흐름에 따라 글 쓰는 이의 삶과 정서가 요동치기도 하지만 그 모든 것에 자신을 내맡기는 능동적 즐김을 말한다. 바르트는 글쓰기의 핵심은 즐거움, 즐기기에 있다고 거듭 강조한다. 이 즐거움은 글쓰기 안에서 그저 자신의 마음에 충실할 때 일어나는 현상이다. 그것이 감미롭든 고통스럽든, 격렬하든 고요하든 자신의 실존적 감정을 고스란히 토해내기 때문이다.

"삶은 우리가 알지 못하는 곳으로 흐른다." 베르그송이 남긴 이 유명한 말처럼, 과연 우리는 자신의 지도에 없는 낯선 곳에 머물게 되고, 예상하지 못한 공간에 내던져진다. 원치 않게 관계가 엇갈리고, 이유도 모른 채 미움을 받게 된다. 회피하고픈 고통이 줄곧 엄습하며, 불편한 사람들과 얽혀 살아야 한다. 알지 못하는 곳으로, 원치 않는 곳으로 가는 것이다. 반대의 경험을 하기도 한다. 어디선가 안식을 얻기도 하고, 풍요로운 축제를 누리기도 한다. 때로는 마음이 통하는 사람과 어울려 예기치 않은 행복을 경험하거나 놀라운 희열의 공동체를 만나기도 한다. 알지 못하는 곳으로 흘러가는 삶의 흐름을 그저 인정하고 변화를 받아들이면 모든 것을 수용할 수 있다. 그리고 삶의 모든 순간을 진정으로 향유할 수 있다.

그러므로 어떤 경험이든 받아들이고 미움과 고통조차 마다하지 않는 용기가 요구된다. 그러면 여행이 한결 편해지고 걸음은 가벼워진다. 삶의 불합리성과 뒤죽박죽인 흐름을 직시하면 한결 아프지 않다. 무한히 관대해진다. 동시에 모든 흐름 속에서 홀연히 임하는 행복의 찰나를 포착할 수 있고, 지금 이 순간에 머물게 된다. 삶은 우리를 알지 못하는 곳으로 이끌기 마련이므로, 흥분되고 아름다운 여행이 될 수 있다.

기실 글을 쓸 때 느끼는 최고의 경이로움은 작품이 완성되는 순간이 아니라 글이 술술 풀려나가는 매 순간에 경험하는 환희이다. 이러한 황홀한 순간들을 경험하면서 써지는 글일수록 순도가 높다. 글 쓰는 매 순간의 작업에서 진주를 줍는 일, 빛을 발견하는 일, 그리고 가슴 뛰는 순간과 무언가 도약의 힘을 느끼는 경험, 나아가 새로운 사유가 펼쳐지는 경이로움과 글 속에 새로운 공간이 열리는 흥분에 이르는 이 모든 즐거움들은 기꺼이 표류하는 글쓰기를 감행할 때 체험할 수 있다. 만약 작품이 완성되고, 그것이 대중의 찬사를 받고 돈을 벌어들일 때에야 비로소 웃을 수 있다면, 이 지구상에 예술가와 작가들은 한 줌도 남지 않을 것이다. 글을 쓰는 순간들은 긴장과 환희, 좌절과 희열의 연속이다. 이 모든 것을 즐길 일이다.

움직이는 상태에서 포착되는 언어

사랑의 블랙홀로 빨려 들어가는 순간, 사랑의 글쓰기는 시작된다. 바르트에 따르면 사랑의 언어는 육체적인 언어이자 자연의 언어이다. 이는 상상계에 속한 상상적인 것의 움직임에 따르고, 아담의 언어처럼 이상적이고 유토피아적이다.[5] 사랑이 움직이는 한 사랑의 글쓰기는 멈추지 않는다. 바르트는 '데노타시옹'dénotation 즉 언어의 외연은 성적 언어에 의해서만 실제로 도달할 수 있다고 강조한다. 사랑에 빠진 사람이 무언가를 말할 때, 자신의 마음을 글에 담을 때 언어의 가장 원초적인 그 무엇을 드러낸다는 뜻이다. 즉 사랑의 담론에서 비로소 데노타시옹은 언어의 가장 순수하고도 이상적인 아담적 낙원 상태가 된다.[6] 이는 추상적인 '사랑'에 대한 사변적 개념이 아니라 자기 자신의 사랑 경험 안에서 솟구치는 언어를 말한다. 아래의 글에서 바르트가 사용하는 언어의 질감을 한번 느껴보자.

"그 사람이 나를 제쳐놓고 괴로워하는데, 왜 내가 대신 괴로워해야 한단 말인가? 그의 불행이 나로부터 그를 멀어지게 하는데, 왜 나는 그를 붙잡을 수도, 그와 일치될 수도 없으면서 그의 뒤를 숨가쁘게 쫓아다녀야 한단 말인가? 그러니 조금 떨어져 있자. 거리감을 쌓는 훈련을 하자."[7]

실로 사랑에 빠진 연인의 고뇌를 생생하게 드러내는 표현이 아닐 수 없다. 이처럼 그는 삶의 언어, 감각적 언어, 비개념적 언어를 사용한다. 아울러 그는 '사랑'의 개념을 해부하거나 어떤 이상적인 사랑의 그림을 그리지 않는다. 사랑의 글쓰기는 에로스 철학이나 에로티시즘에 관한 것이 아니기 때문이다. 그는 마치 무용이나 피겨 스케이팅을 하는 이들의 동작에서 '생동감 넘치는, 즉 휴식을 취하는 상태가 아닌 행동하는 상태에서 포착된 몸짓'[8]을 표현하는 방식으로 글을 쓴다. 사랑의 글쓰기의 기본 문형figures은 사랑에 빠져 '작업 중에 있는 연인'이다.[9] 지금 현재 사랑에 빠져 있는 연인들의 '행동의 몸짓', 그것이 글의 배열을 좌우한다.[10]

사랑의 글은 글재주나 언어를 다루는 기술을 통하여 써지지 않는다. "사랑의 감각이라는 안내자 외에는 그 무엇도 필요하지 않다."[11] 사랑이라는 생생한 현실, 저항할 수 없는 사랑의 광기, 사랑으로 추락하는 경험이 펼쳐보이는 탈현실의 상태가 연인을 글쓰기로 몰아간다. 그러므로 사랑의 글을 쓰는 이에게는 사랑에 빠진 자신의 몸짓과 정서와 생각에서 요동치고 움직이는 그 무엇을 포착하는 솔직한 감각이 필요할 뿐이다. 그것은 "공중에 떠돌아다니는 모기보다 더 아무렇게나 움직이다 부딪히고 잠잠해지고 다시 나타나고 마침내는 사라진다."[12] 따라서 쓰기를 잠시 멈추기도 하고, 미친 듯이 마구 돌진하며 쓰기도 한다. 혼란에 빠지기도 하고, 어떤 느낌을 오래 붙들어두기도 한다. 그러므로 환희와 고통, 무모함과 두려움, 확신과 혼돈의 감정이 오가는 예측 불가의 비정형적 쓰기만이 가능하다. 이처럼 연인의 담론은 연인의 사랑의 움직임에 의해 좌우된다. 사랑의 글쓰기는 움직이는 상태에서 포착되는 언어로만 쓸 수 있다.

"사랑을 잃고 나는 쓰네"로 시작하는 기형도의 시 〈빈집〉을 기억하는가. 작품 전체에 사랑을 잃은 연인의 무너질 듯한 마음이 생생이 새겨져 있다. 시를 읽는 이라면 그 누구라도 화자의 정서와 마음을 고스란히 느낄 수 있을 정도다. 시 속의 화자는 '잘 있거라'는 말을 반복하여 마치 체념하는 듯이 보인다. 하지만 마지막 시구 "가엾은 내 사랑 빈집에 갇혔네"에는 빈집의 공허만 남은 게 아니다. 여전히 우리는 그 꿈틀대는 사랑을 느낄 수 있다.

이처럼 움직이는 상태에서 구사되는 언어는 참으로 솔직하다. 어려운 단어가 전혀 없다. 메타언어가 아닌 일차 언어 즉 표현언어를 주로 사용한다. 사전을 뒤척거리면서 적당한 단어를 찾거나 인용문에 의존할 필요가 없다. 의미가 고정되어 있는 개념어나 전문용어나 사회어sociolecte를 말하고 싶은 마음을 잃어버린다.[13] 그리고 친구에게 얘기를 하거나 일기를 쓰듯이 생활언어와 감각적인 언어를 사용하게 된다.

표현언어 즉 일상어는 개념어와 달리 구멍이 많다. 구

멍이 많은 글은 생동감이 넘친다. 구멍이란 여백, 빈틈, 무, 빈 공간, 자궁 같은 것이다. 구멍이 넓고 깊을수록 새로운 그 무엇인가가 그 속에서 탄생하고 출현한다. 그러니까 어떤 특정한 '의미'를 선명하게 드러내는 단어는 구멍이 없는 언어라고 할 수 있다. 그러한 언어들은 이미 그 용어가 내포한 의미 체계가 견고하여 다른 것들이 끼어들 틈이 별로 없다. 고정된 '의미'를 견고하게 그리고 경계를 분명히 하여 표현하기 때문이다. 다분히 규정적이다. 구멍 가득 이미 고정된 의미들로 채워져서 새로운 것이 나올 수가 없다. 그런 낱말들은 구멍을 메꾸는 언어이기 때문이다.

문학은 구멍이 많은 언어들이 어울려 만들어내는 세계다. 익숙하지만 모호한 낱말들, 평범하지만 느낌이 생생한 언어들이다. 사용하거나 읽기만 해도 무언가 느낌이 전해지는 단어들이다. 특히 시적 언어에는 구멍이 가득하다. 자신의 마음을 삶의 언어와 메타포로 표현하기 때문이다. 구멍이 많을수록 다의적이다. 그리고 특정한 의미 전달보다는 느낌과 공명을 일으키고, 가치나 사상보다는 흔적과 이미지를 남긴다. 그래서 독자에게도 무한대로 열려 있다. 이처럼 여백 즉 구멍이 많은 글이 마음을 움직이고, 읽는 이로 하여금 글에 참여하게 만든다.

감동을 주는 강연이나 글들에는 어떤 공통점이 있다. 거기에는 예외 없이 자신이 직접 경험한 자신의 스토리가 생생하게 담겨 있다. 특히 지금도 그 일을 계속 수행하면서 자신이 직접 행하고 말하고 느낀 바들을 말할 때 더욱 큰 울림이 인다. 생생함은 바로 거기서 비롯된다. 현장에서 움직이는 상태에서 포착한 그 무엇을 말하고 있기 때문이다. 현장감이 넘치는 동적인 언어, 살아있는 언어가 되게 하는 것은 그것이 자신의 행동과 삶과 연결되어 있을 때이다.

벌거벗은 언어로 노래하는 텍스트

"사랑의 주체는 누구인가?" 이는 바르트가 깊이 탐구한 주제이다. 사랑의 주체는 철학의 에로스 담론에서 그려내는 이상적이고 균형 잡힌 주체가 아니다. 바르트가 그려낸 사랑의 주체는 실로 예민한 주체이다. 불같이 질투하는 주체이다. 짧은 기다림의 순간에서도 좌절과 희망, 분노와 기쁨 사이를 오가는 변덕스런 주체이고, 자신의 속내를 쉽게 드러내지 않고 복잡한 심리게임을 감행하는 까다로운 주체이며, 작은 농담 한마디에 상처받고 절망하는 연약한 주체이다. 사랑의 주체는 부드러운 깃털로 감싸인 사람이 아니다. 그/그녀는 살갗이 벗겨진 사람이다. 연인이 던지는 말 한마디에 온 마음이 요동치고 전 존재가 응답한다. 말과 표현 자체에 곧이곧대로 반응하는 단순한 주체이다. 그들의 언어는 '시니피에'signifiant, 기의로 포장되지 않은 날 것의 '시니피앙'signifié, 기표으로만 작용하기 때문이다.

바르트는 사랑을 '추락에의 충동'으로 묘사한다. 그는 "상처 또는 행복감으로 수렁에 빠지고 싶은 충동이 나를 사로잡는다"[14]고 말한다. 이 추락은 일종의 '죽음에의 충동'과 유사하다. "수렁에 빠지고 싶은 충동은 상처에 의해 올 수도 있지만, 또 어떤 융합에 의해 올 수도 있다. 우리는 사랑하기 때문에 함께 죽는다."[15] 이 죽음에의 충동은 연인의 동반자살을 묘사하는 것이 아니다. 이는 두 사람의 융합에 의한 것으로서 "아, 죽어도 좋아"라고 내뱉는 몰입 상태, 프로이트가 말하는 죽음 충동, 라캉이 말하는 실재로서의 경험 즉 '향유'를 가리키는 것으로 읽힌다. "에테르 속에 용해된 열린 죽음, 합장의 닫힌 죽음"[16]은 바로 사랑의 용액 속에 두 사람이 함께 용해된 상태, 함께 묻혀서라도 영원히 함께하고 싶은 욕망 같은 것을 암시하고 있다. 롤랑 바르트는 이와 같은 사랑의 한 단면을 얼핏 보여준다.

"그 사람의 부재는 내 머리를 물 속에 붙들고 있다. 점차 나는 숨막혀가고, 공기는 희박해진다. 이 숨막힘에 의해 나는 내 '진실'을 재구성하고, 사랑의 다루기 힘든 것을 준비한다."[17]

이처럼 사랑의 주체는 불안정하다. 그래서 사랑에 빠진

사람은 매우 순박한 텍스트를 쓴다. 유치하게 보이는 심리적 반응을 그대로 노출한다. 그 누가 봐도 시대 감각에 뒤진 텍스트를 떨리는 가슴으로 써내려가고, 다듬지 않은 신체적인 언어를 쏟아낸다. 사랑의 일기는 '유치한' 사랑의 글쓰기를 대표하는 예이다. "그/그녀를 만났다, 오늘은 연락을 하지 않는다. 나는 기분이 좋지 않다. 그/그녀의 마음이 변해버린 것일까?" 이런 방식으로 연인으로 인해 생긴 상처와 기쁨, 충동과 느낌, 어떤 이유나 제멋대로의 해석 등을 마구 나열하는 사랑의 일기가 써진다. '라랑그'Lalangue,[18] 상상적인 것, 피부가 없는 속살을 그대로 드러내는 서툴고도 순박한 텍스트, 한마디로 유치하면서도 진지한 텍스트를 써내려간다. 그래서 자신의 진부함을 드러내는 것을 쓰다가 스스로 절망하게 되기도 한다.[19] 이처럼 사랑에 빠진 주체는 벌거벗은 언어를 사용한다.

바르트의 어머니가 임종하자 그는 깊은 슬픔에 빠진다. 그의 《애도 일기》를 읽으면 구구절절 그의 슬픔과 그리움이 오롯이 드러난다. "그녀의 죽음은 나를 바꾸어버렸다. 내가 욕망하던 것을 나는 더 이상 욕망하지 않는다."[20] "지금, 마망이 죽고 없는 지금, 나 또한 죽음으로 떠밀려간다."[21] "슬픔은 잔인한 영역이다. 그 안에서 나는 불안마저 느끼지 못한다."[22] 그는 어머니를 잃은 슬픔 안에 머물며 꾸밈없는 언어로 자신의 감정을 그대로 표현하였다.

바르트는 사랑의 담론이 지니는 날것의 속성을 거듭 강조한다. 따라서 사랑의 발화發話에는 과학이나 법칙이나 당위 같은 것이 끼어들 자리가 전혀 없다. "난 널 사랑해"라는 발화가 바로 그것이다. 이런 말이 던져지는 상황은 충동적이고, 예측 불허의 순간이다. 바르트는 이를 시와 음악 즉 노래에 비유한다.[23] 사랑의 발화의 심급은 음악적이라는 것이다. 이는 그 어떤 기호도 아니며, 어떤 문장 속으로 종속되어 고유의 의미를 만들어내는 보조어가 아니다. "난 널 사랑해"라는 발화는 오히려 기호와 맞서 유희하는 것이다.[24] '사랑해'가 발화되는 순간 두 사람 사이에 어떤 진동과 울림이 일어난다. 그 고백에 대해 어떤 해석을 내릴 여지가 전혀 없다. 즉석에서 연주되는 음악의 선율처럼, 활시위에서 팽팽하게 진동하다가 마침내 날아가 꽂히는 화살처럼 직접 가슴에 다다른다.

사랑의 글쓰기, 그 가능성과 불가능성

바르트는 사랑이 소설이나 드라마와 같다고 말한다. 그는 사랑의 서사를 소설과 그리스도의 수난극으로 비유한다.[25] 그러나 사랑은 소설적이지만 결코 허구적 이야기가 아니다. 사랑이 소설적이라는 것은 소설 작품이라는 의미가 아니라, 소설적인 서사를 지닌 채 지금도 진행되고 있는 스토리라는 의미이다. 이 소설적 사랑의 이야기는 드라마이기도 하다. 진행 중인 드라마, 각본도 연출도 없이 알 수 없는 미래와 결말을 향해 펼쳐지는 무대극이다. 하나의 사랑의 사건이 일어난 이후에야 그 다음의 이야기가 전개될 수 있다는 점에서 사랑의 드라마는 예측할 수 없는 긴장감을 지닌 현실극이다. 사랑의 글쓰기는 이처럼 예측할 수 없는 떨림으로 요동치는 드라마로 전개된다. 이렇게 사랑은 불확실하고도 복잡한 회로들을 거쳐서 마지막에 하나의 소설이 된다.

이러한 미완의 드라마 안에서 연인은 말을 하고 글을 쓴다. 그 글쓰기는 근본적으로 연인을 향해 있다. 당신을 향한 나의 사랑을 어떻게 글로 전달할 수 있을까? '사랑에 대한' 글이 아니라, '당신을 향한 내 사랑을 담은' 글을 어떻게 표현할 수 있을까? 바로 여기에 사랑의 글쓰기의 본질이 있다. "말로 언술하기에도, 언술되기에도 무력한 사랑은, 그럼에도 불구하고 자신을 부르짖으며, 소리지르며, 도처에 자신에 대해 쓰고 싶어한다."[26] 그리고 사랑하는 사람에게 그것을 주고 싶어한다. 헌정하고자 하는 강력한 충동이 그를 사로잡는다.[27]

그러나 사랑의 글쓰기는 글쓰기 자체가 지니는 운명에 의해 딜레마에 처하게 된다. 사랑에 매료된 나는 "마법의 황홀(순수한 이미지)을 내 글 속에 옮길 수가 없다."[28] 나의 사랑을 글로 표현하고, 내 욕망과 정념을 언어로 나타낸다면 나의 벌거벗은 시니피앙이 이에 조응하는 어떤 시니피에를 만나 '기호'로 전락하고 만다. 그 글은 읽는 자의 관점과 경험에 따라, 그리고 기호 자체가 주는 의미의 논리에 따라 자의적으로 해석되기 마련이다.

따라서 나는 글을 통해 나의 사랑을 온전히 전할 수가 없다. 사랑에 대한 글을 쓰면 쓸수록 사랑하는 나는 사라지고, 사랑하는 사람을 묘사하고 탐색할수록 그의 매력이 분해되어 버린다. 나아가 '언어'를 사용할수록 의미는 제한되고, 오히려 묘사할 수 없는 것들이 더욱 많아지는 역설이 작용한다. 글로써 내 마음을 다 담을 수도 없고, 무언가 표현할수록 어긋남이 발생한다. 따라서 자기가 쓴 텍스트에 대해 만족할 수 없다.

"그러므로 우리가 어떤 텍스트에 대해 그것이 사랑스럽다고 말할 수 없으며, 단지 '사랑을 기울여' 만들어졌다고 말할 수밖에 없는 것은 바로 글쓰기 자체의 운명에 의해서이다."[29]

바르트는 글쓰기를 한 사람은 "내가 쓴 것은 나의 모든 것이 아니다"라고 말하게 되며, 모든 글쓰기에는 내가 아직 말하지 않은 잔여, 버려둔 것, 새로이 무한정 쓰면서 탐사해야 하는 그 무엇이 있다고 강조한다.[30] 글로써 자신의 모든 것을 다 담을 수 없기 때문이다. 이처럼 사랑의 글쓰기를 하는 이는 자신에게 이렇게 말한다. 내가 쓴 사랑은 나의 사랑의 전부가 아니다. 나의 사랑은 내가 쓴 것보다 더욱 가치 있고 웅대하다!

사랑의 글을 헌정하려는 시도에는 슬픈 패러독스가 담겨 있다. "나는 어떤 대가를 치르고서라도 나를 숨막히게 하는 것을 당신에게 주고 싶어한다"라는 역설이 그것이다.[31] 결국은 내가 당신을 위해 쓴다고 믿었던 것을 나는 당신에게 줄 수 없다. 마침내 사랑의 헌사가 불가능하다는 것을 인정해야만 한다.[32] 잔인하고도 슬픈 운명이다. 이것이 사랑의 글쓰기와 헌사에 대한 사유를 그 극한까지 밀어붙인 바르트가 도달한 결론이다. 그는 사랑의 헌사의 불가능성을 말하고 있는 셈이다. 사랑의 글을 헌사할 수 없다면 글쓰기만이 남는다. 연인에게 헌정하기 위해 쓴 자신의 글을 전하지 못하는 이 모순에서 우리는 결국 사랑의 글쓰기란 불가능할지도 모른다는 불길한 징후를 감지하게 된다.

그러나 사랑은 글이 되고, 사랑에 빠진 사람은 사랑을 글로 쓴다. 이 사랑은 흐르는 사랑이자 멈출 수 없는 사랑이다. 게다가 나의 '언어'로 다 담을 수도, 표현할 수도 없는 사랑이다. 언어로써 사랑을 다 담을 수 없다고 하더라도 사랑의 담론은 언제나 무모하게 감행된다. 사실 사랑의 글쓰기는 모든 기호의 부재 속에서만 그 순수성을 발견할 수 있다.[33] 그러나 언어를 결단

코 포기하지 말아야 한다. 두 사람의 시선과 살갗이 닿아 있지 않는 이상 언어 외에 다른 것으로 사랑을 말할 수 없기 때문이다. 오직 한 가지 방법이 있다. 자신의 날것의 목소리를 글로 옮기는 것이다. 그저 떨리는 목소리로 사랑의 몸짓에서 분비되는 언어들을 흐르게 하는 일이다. 내 사랑의 감정과 사랑의 정념을 그대로 담는 솔직담백한 쓰기만이 움직이도록!

　우리는 어떤 목적과 의도를 가지고 글을 쓰는 데 익숙하다. 완벽한 글을 쓰려 하고 체계와 호소력을 갖추려 한다. 롤랑 바르트는 사랑의 글쓰기는 변증법적인 것이 아니라고 단언한다. 그것은 어떤 논점을 지니고, 어떤 완성된 체계를 형성하는 방향으로 나아갈 수 없다. 따라서 어떤 책을 면밀히 구상하고, 그에 따라 글을 쓴다면 사랑의 글쓰기는 그 행로를 잃고야 만다. 이는 우리의 일상적인 글쓰기에서도 마찬가지다. 글을 쓰면서 작품으로 향할수록 글 쓰는 나는 글을 쓰는 즐거운 유희를 상실하고 자신의 글에 대한 공감을 상실하게 된다.[34]
　특히 출간을 목적으로 글을 쓰는 순간 절벽이나 가혹한 사막을 경험하기도 한다. 게다가 우리는 언어의 선택에 있어 과다한 욕심을 지니고 경직되어 있다. 무언가 고상해보이고 '있어 보이게 하는' 단어를 구사하려 한다. 화려하고 웅장한 글을 시도한다. 하지만 쓰기 이외의 다른 목적이 마음을 지배하면 글의 흐름이 자연스레 형성되지 않는다. 그 흐름을 따라 유영하는 즐김을 상실하게 된다.

겉은 화려하지만 죽은 언어들로 채워진 쓰기를 그만두고 롤랑 바르트의 무구한 태도를 배워야 하지 않을까? 오로지 글쓰기 자체에만 몰두하는 열정, 그 솔직함과 담백함, 요동치고 움직이는 자신의 마음과 몸짓을 포착하는 감각, 그리고 개념어보다 표현언어와 일상언어로 자신의 감정과 사유를 담담하게 담아내는 글쓰기, 이것들이 우리의 글들 되살아나게 하지 않을까? 글쓰기의 요체는 자기의 실존의 상태, 자기 이야기, 자기 마음을 담백한 날것의 언어로 그냥 쏟아내는 것이 아닐까?

말로 언술하기에도,
언술되기에도 무력한 사랑은,
그럼에도 불구하고
자신을 부르짖으며,
소리지르며,
도처에 자신에 대해 쓰고 싶어한다.

4장

누군가에게 보여주라

사르트르와 함께 떠나는 글쓰기의 모험

장 폴 사르트르 Jean Paul Sartre, 1905~1980

사르트르의 초기 작품들은 인간의 실존에 대한 철학적 탐색이었다. 그런 그가 문학의 근본적 소명을 '참여'라고 외치면서 이를 직접 실천하였다. 그의 인식에 결정적인 전환을 가져온 것은 2차 세계대전이었다. 그 미친 전쟁 후 그의 작품들은 인간의 실존과 세계의 모순되는 실상을 다루었다. 사르트르가 붙잡고 고뇌한 화두는 그의 책 제목에 그대로 나타난다. 《문학이란 무엇인가》. 이 책은 20세기 후반, 문학의 바이블이 되었다.

"우리에게는 글쓰기란 하나의 기도企圖이다. 작가는 죽기에 앞서 살아있는 인간이다. …… 작가는 자신의 악덕과 불행과 약점을 전면에 내세우는 그런 비루한 수동적 인간으로서가 아니라, 결연한 의미와 선택과 저마다 삶을 추구하는 전체적 기도의 인간으로서, 자신의 작품을 통해서 전적으로 참여해야 한다고 믿고 있다."[1]

글을 쓰는 사람이나 작가에게는 남다른 행복이 있다. 자신의 글이 사람들에게 사랑받고 읽힐 때, 그리고 자신의 글이 묶여 한 권의 책으로 태어날 때 그 기쁨은 이루 말할 수 없다. 작품전나 공모전에 자신의 작품이 선정되어 상이라도 받는다면 더할 나위 없다. 그러니 한 작가가 노벨문학상 후보에 오르기만 해도 대단한 영예로 여기는 건 물론이다.

그런데 이러한 작가 세계의 통념과 정반대의 행보를 보인 사람이 있다. 자신이 노벨문학상 수상자로 확정되었는데도 기어코 수상을 거부한 장 폴 사르트르Jean Paul Sartre가 바로 그 장

본인이다. 그는 '노벨상 수상 거부'라는 특이한 행위를 통해 지구촌에 심오한 메시지를 던져주었다. 그 행위는 어쩌면 그가 남긴 최고의 작품이자 행위예술이라고 칭하여도 부족함이 없을 것이다. 그는 글쓰기 즉 문학을 어떻게 이해하였기에 그렇게 행동하였을까?

사르트르는 대표적인 실존주의 철학자이자 소설가 즉 문학가이기도 하다. 그가 남긴 책《문학이란 무엇인가》에는 글쓰기에 대한 그의 관점이 일목요연하게 담겨 있다. 그는 '작가란 글로써 참여하는 사람'이라고 강조하였다. "작가란 발언을 하는 사람이다. 그는 지시하고 설명하고 명령하고 거절하고 질문하고 탄원하고 모욕하고 설득하고 암시한다."[2] 사르트르는 글쓰기가 단지 자기표현에 머물러선 안 된다고 보았다. 글쓰기는 발언이요 침묵을 깨는 것이고, 저항이자 탄원이며, 정곡을 찌르는 질문이자 이의 제기여야 한다는 것이다.

사르트르는 작가는 '드러냄'을 통하여 참여한다고 말한다. 이때 작가가 드러내는 것은 인간 실존의 조건, 세계가 지니는 모순된 상황, 비극적인 참상이다. 이는 작품[3] 속 화자들의 스토리와 대화를 통해 인간 삶의 있는 그대로의 모습과 사람들이 겪는 감정의 파토스, 즉 그 사랑, 증오, 노여움, 공포, 기쁨, 분개, 찬양, 희망, 슬픔, 절망 따위를 의도적으로 그리고 생생하게 그려내는 것이다.[4] 다시 말해 작가는 유토피아를 그리고 노래하는 사람이 아니다. 작가는 "세계의 실상을 드러내는 사람이고, 그 드러냄을 통하여 세계에 변화를 가져오도록" 스스로 선택한 사람이다.[5]

자신을 구원하는 글쓰기

작가는 왜 글을 쓸까? 사르트르는 '무엇을 위한 글쓰기 인가'라는 주제로 이 질문을 던진다. 사르트르는 작가들이 글을 쓰는 다양한 목적의 배후에 공통된 깊고도 직접적인 선택의 동기가 있다고 보았다.[6] 그는 작가의 내면에서 작동하는 그 동기를 자신의 철학적 관점에서 해부한다. 그는 예술가들의 예술적 창조 행위가 가져다주는 욕망의 충족에 주목한다.

"예술적 창조의 주된 동기의 하나는 분명히 세계에 대해서 우리 자신의 존재가 본질적이라고 느끼려는 욕망이다."[7]

글쓰기가 지니는 창조성이 가져다주는 어떤 존재론적 의미가 글쓰기의 근본 이유라는 것이다. 이러한 지적은 우리의 경험과도 일맥상통한다. 작가는 작품 행위를 통해서 만들어진 사물(작품)을 자신의 창조물로 생각한다. "나는 나의 창조물에 대해서 스스로 본질적이라고 느낀다."⁸ 그림을 그리는 작업이든 글을 쓰는 작업이든 음악을 작곡하는 작업이든 창작 활동을 통해 만들어진 작품은 '내가 만든 것'이다. 자신은 창조자가 되고, 그런 점에서 '신神'이 된다.

> "우리의 작품에서 찾아볼 수 있는 것은 우리 자신일 따름이다. 작품을 판단하는 규준을 만든 것은 우리 자신이며, 우리가 거기에서 알아볼 수 있는 것은 우리의 역사이며 우리의 사랑이며 우리의 기쁨이다."⁹

이는 작가가 작품 안에 자신의 감정을, 자신의 혼을 불어넣었기 때문이다. 마치 성서의 창조 이야기에서 신이 아담을 창조하고 숨을 불어넣었던 것처럼! 작가는 글쓰기를 통하여 창조자가 되고 자신을 구원한다. 사르트르에 따르면, 이러한 창조적 작업 과정은 주체가 되어가는 과정이다. 작가는 작품이라는 즉자적即自的 사물을 만드는 대자적代者的 존재가 됨으로써 자신의 자유와 주체성을 경험한다. 사르트르는 사물로 대상화되는 존재에서 벗어나 주체가 되는 것이 인간의 근원적인 욕망이요 갈망¹⁰이라고 갈파한다. 더불어 작가의 창조적 행위는 주체의 작업이요, 이를 통해서 만들어진 작품은 사물이 된다고 보았다. 이때 작가는 본질적이 되고, 스스로 본질적으로 느낀다는 것이 사르트르의 생각이다.[11] 이는 대자적 존재와 즉자적 존재의 변증법, 작가와 작품의 변증법, 주체와 대상의 변증법이라고 이름을 붙일 수 있을 것이다. 이러한 변증법은 글쓰기의 예술에서 가장 두드러진다는 게 사르트르의 요체이다.

사르트르는 일곱 살 때 할아버지와 운문으로 쓴 편지를 주고받으면서 글쓰기를 시작했다. 그의 글쓰기는 곧 산문으로 나아갔고 그 속에서 그는 행복에 젖어들었다. 그의 자전적 소설 《말》에는 자신이 유년기에 체험한 글쓰기 경험이 세밀하게 묘사되어 있다. 그는 글을 쓰기 시작하자마자 기쁨이 흘러넘쳐 자신의 꿈을 이 세상에 단단하게 붙잡아 매었다고 생각했으며, 엄청난 재미와 삶의 활력에 사로잡혔다.[12]

"나는 글쓰기를 통해서 다시 태어났다. 글을 쓰기 전에는 거울놀이밖에 없었다. 한데 최초의 소설을 쓰자마자 나는 한 어린애가 거울의 궁전 안으로 들어선 것을 알았다. 나는 글을 씀으로써 존재했고 어른들의 세계에서 벗어났다. 나는 오직 글쓰기를 위해서만 존재했으며, '나'라는 말은 '글을 쓰는 나'를 의미할 따름이었다."[13]

글쓰기는 그에게 종교와도 같았다. "글을 쓴다는 것은 나로서는 오랫동안 죽음에게, 가면을 쓴 종교에게 내 인생을 우연에서 구출해달라고 부탁하는 일이었다."**14** 이처럼 사르트르에게 글쓰기는 자기 구원의 경험이자 성스러운 행위였다. 일상 가운데 행해지는 구도 행위이자 종교적 의례처럼 말이다.

"'한 줄이라도 쓰지 않는 날은 없도다.' 이것이 내 습성이요 또 내 본업이다. 오랫동안 나는 펜을 검檢으로 여겨왔다. 그러나 나는 우리들의 무력함을 알고 있다. 그런들 어쩌랴. 나는 책을 쓰고 있고 앞으로도 또 쓸 것이다."**15**

글쓰기에는 비밀스러운 힘이 있다. 자신의 글이 사람들에게 얼마나 읽히느냐가 글쓰기를 계속하게 하는 힘이 아니다. 글쓰기 자체가 글을 쓰게 한다. 글쓰기는 주체가 되는 경험이다. 글을 쓰고 있는 '나'는 창조하는 '나'이며, 나는 그 과정에서 '나'를 진정으로 느끼게 된다. 글쓰기 안에서 살아있음을 경험하고 자신의 존재 의미를 발견하게 된다. 쓰면서 넘치는 자유를 경험하고, 그 창조적 희열 속에서 모든 속박에서 해방된다. 글쓰기는 작가 자신을 구원한다. "나는 여전히 글을 쓰고 있다. 달리 무슨 할 일이 있겠는가?"**16** 이렇게 말하는 이가 바로 작가이다.

문학이라는 팽이를 돌리는 힘

그러나 글쓰기는 결코 자기 자신만을 위한 행위는 아니다. 문학은 읽기와 쓰기를 행하는 연관된 두 행위자 모두를 필요로 한다.[17] 사르트르의 글쓰기론의 또 다른 측면은 '타자를 위한 글쓰기'라고 할 수 있다. 그는 작품을 탄생시키는 힘은 작가와 독자가 연결되어 있을 때 가능하다고 보았다. 나아가 작가는 독자를 위해 글을 써야 하며, 독자에 의해서만 문학은 존재한다고 강조한다.

"정신의 작품이라는 구체적이며 상상적인 사물을 출현시키는 것은 작가와 독자의 결합된 노력이다. 예술은 타인을 위해서만, 그리고 타인에 의해서만 존재하는 것이다."[18]

사르트르는 문학을 팽이에 비유한다. "문학이라는 사물은 야릇한 팽이 같은 것이어서, 오직 움직임을 통해서만 존재하는 것이다."[19] 팽이가 돌기 위해서는 외부에서 어떠한 힘이 규칙적으로 가해져야 한다. 팽이 스스로의 에너지로는 돌 수 없다. 잠시라도 외부의 힘이 가해지지 않으면 팽이는 쓰러지고 만다. 작품이라는 팽이의 외부에서 직접 가해지는 어떤 힘이 멈추는 순간 문학 – 팽이는 죽음을 맞이한다. 사르트르는 그 외부의 힘을

'독자의 읽기 행위'라고 말한다. 문학이라는 것을 출현시키기 위해서는 '읽기'라는 구체적인 행위가 필요하고, 읽기의 행위가 계속되는 동안에만 문학은 존재한다.[20] 즉 문학을 탄생시키는 힘도 독자의 읽기요, 문학을 지탱하는 힘 역시 독자의 읽기이다. 읽기가 없는 작품은 그저 '종이 위에 박힌 검은 흔적'에 불과하다.

사르트르는 다음과 같은 흥미로운 비유를 하나 더 든다. 목수는 자기가 지은 집에서 살 수 있지만, 작가는 자신이 만든 작품에 머물 수가 없다는 것이다. 즉 작가는 자기가 쓴 것을 스스로 읽을 수 없다는 것이다.[21] 이는 눈으로 글을 읽고 소리를 내어 읽을 수 없다는 뜻이 아니라, 작품을 작품으로 존재하게 하는 시선을 지닌 독자로서 읽을 수 없다는 뜻이다.

작가는 그 작품에 자신을 투영하고 자신의 혼을 '불어넣은' 존재이다. 또한 작가는 산문 속의 모든 스토리와 이야기의 전개와 결말에 대해 이미 알고 있다. 따라서 작품 속으로 함께 흘러 들어가지 못한다. 자신의 작품 안에 그 어떤 미지의 영역이나 알지 못하는 미래란 없다. 자신의 작품에 대해 스스로가 '스포일러'spoiler이다. 그러나 독자의 경우에는 사뭇 다르다. 스토리의 결말을 알지 못한다. 독자는 글을 읽으면서 무언가 예측하고 기대하기도 하지만 독자는 언제나 개연성만이 가득한 미래를 향해서 나아간다.[22] 따라서 그 읽기의 과정은 미지를 향해 나아가는 설레는 여정이 된다.

독자의 읽기 행위는 결코 기계적이거나 수동적인 작업이 아니다. 독자는 주체의 시선으로 작품을 바라본다. 읽기 역시 창조적인 행위이다. 결국 독자 또한 작품을 드러내고 창조하는 자이다.[23] 사르트르는 독자가 단지 빛을 받는 필름처럼 기호의 자극을 받는 것으로 보아서는 안 된다고 강조한다.[24] 독자는 필름에 빛을 비추는 자이자 동시에 영화를 상영하는 자로서 작품이 생산되게 하는 또 다른 주체인 것이다.

작품을 탄생시키고 객관화시키는 힘, 그것이 독자로부터 온다. 독자의 읽기 행위라는 시선의 흐름을 통해 작품 속에 독자의 주체성이 투입되고, 그 작품을 객체로 만드는 것이다. 이것이 바로 작품을 둘러싼 마법 같은 현상이다. 이처럼 문학은 묘하고 이상한 팽이처럼 독자의 시선과 읽기라는 외부의 힘이 가해질 때 쓰러지지 않고 존재하게 된다. 이것이 바로 예술과 문학은 '독자를 위해' 그리고 '독자에 의해' 존재한다는 말의 의미인 것이다.

"작가가 도처에서 만나는 것은 오직 '자신의' 앎, '자신의' 의지, '자신의' 기도이며, 요컨대 자기 자신이다. 그는 다만 자기 자신의 주관성만 접촉할 뿐이다. 그가 창조하는 사물은 그의 손이 미칠 수 없는 곳에 있으며, 그는 '자신을 위해서' 창조할 수 없다."[25]

독자의 자유에 내맡기는 글

타자를 위한 글쓰기는 어떻게 가능할까? 사르트르는 독자가 '예술적 대상' 즉 '작품'을 재창조하는 것은 감정을 통해서라고 본다.[26] 감동적인 작품에 대해서는 눈물로, 희극적인 스토리에는 웃음으로, 그리고 잔혹하고 비열한 장면에서는 분노로 반응한다. 이처럼 독자가 작품을 읽고 느끼는 모든 감정들은 전적으로 독자의 자유에 속한다. 픽션으로 만들어진 책의 내용을 믿는 것도 전적으로 독자의 자유에 따른 것이다.

사르트르는 작품에 대한 반응은 전적으로 독자의 자유에 맡기고, 작가는 오로지 독자의 자유에 호소하며 자신의 글쓰기를 감행하여야 한다고 말한다. "작가가 독자에게 요구하는 것은 추상적인 자유의 적용이 아니라, 정념, 반감, 동감, 성적 기질, 가치 체계를 포함한 그의 인격 전체의 증여이다."[27] 증여란 주는 것이다. 독자 역시 주는 자이다. 독자는 작품을 읽고 그에 대해 자유롭게 반응함으로써 자신의 존재를 내어준다. 사르트르는 그러한 독자의 자유가 작품에 투여되고, 이를 통해 작품이 되살아난다고 보았다. "이렇듯 작가는 독자들의 자유에 호소하기 위해서 쓰고, 제 작품을 존립시켜주기를 독자의 자유에 대해서 요청한다."[28]

대부분의 작가들이 독자들을 염두에 두고 글을 쓴다.

그리고 자신들은 오로지 독자들을 위해서 글을 쓰노라고도 말한다. 하지만 자기도 모르게 독자를 대상화한다. 솔직히 대부분의 작가들은 독자의 자유에 호소하는 법을 잘 알지 못한다. 우리의 뼛속까지 침투한 해묵은 사고방식 때문이다. 바로 작가는 '생산자'이고 독자는 '소비자'라는 생각이다. 그래서 독자가 좋아하는 글을 쓰고, 대중의 반응을 이끄는 글을 쓰는 것이 독자를 위한 글쓰기라고 단순하게 생각한다. 게다가 독자의 자유란 단지 작품이나 책을 선택하는 독자의 소비적 선택의 자유로 규정하기도 한다. 이는 사르트르가 말하는 자유에 대한 오독이다.

사르트르가 독자의 자유를 말할 때 그 '자유'는 '독자 스스로 주체가 된다'는 의미에서의 자유를 뜻한다. 단지 작품에 대한 평가가 전적으로 독자에게 달렸다는 말이 아니다. 오히려 독자들 역시 읽기를 통해서 작품에 참여한다는 사실을 인식하고 글을 쓰라는 것이다. 독자의 자유를 존중하는 작가는 자신의 글로 독자들을 장악하려고 시도하지 않는다. 어떤 심오한 사상을 주입하려 하지 않는다. 자신의 글 속에 위대한 정신이나 특별한 의미가 있다고 굳이 강조하지 않는다. 그저 자신의 자유에 따라 작품을 쓰고, 독자의 자유에 호소하며 작품을 내놓는다. 작품이라는 형식으로 정중하게 선사하는 것이다. 마치 선물처럼! 그리고 마침내 독자들이 그 작품과 만난다.

독자들 역시 읽기를 통해 자신의 인격과 감정을 작품에

투입하여 그 작품을 새롭게 조성하고 창조한다. 작품을 진정으로 살아나게 하고 존속하게 하는 이는 오히려 독자들이다. 이러한 독자의 자유를 아는 자는 다르게 글을 쓴다. 독자들과 텍스트 사이에서 일어나는 일을 미리 조작하려 하지 않는다. 그저 최선을 다하여 작가 자신을 작품 속으로 투입하고 작품을 내어놓을 뿐이다. 그 독자의 자유가 가장 자유롭게 움직이도록.

사르트르의 관점은 참으로 이상적이다. 사르트르가 말하는 독자의 자유란 상품 소비자로서의 자유가 아니라는 점은 분명하다. 그러나 과연 그가 말하는 독자의 자유가 독자들의 책 구입과 같은 선택에서 완전히 자유로울까? 사실 독자들의 자유로운 반응과 참여는 서로 연결되고 연쇄반응을 일으켜 책 구매로 이어지기 마련이다. 그렇다면 사르트르가 강조하고자 하는 바는 무엇일까? 그것은 바로 작가가 독자를 대상화하는 순간, 문학으로서의 생명이 사라진다는 것이다. 독자를 대상화하거나 소비자로 인식하기보다 그들을 진정한 주체로 받아들이고 그 자유를 요청할지언정 억압하거나 조작하지 말라는 뜻이다. 그렇게 하면 자신의 글쓰기 자체가 주는 행복과 환희 역시 실종되기 때문이다.

이러한 태도는 사랑에 대한 사르트르의 관점과 일맥상통한다. 사르트르는 서로가 주체가 되는 사랑을 강조하였다. 그리고 상대방을 대상화하는 사랑의 오류에 대해 지적한다. 연인은 내 사랑의 대상, 내가 소유할 대상, 내 정념의 대상이 아니라는 것이다. 사르트르는 보았다. 연인들은 서로가 가장 자유롭게 존재할 때 가장 아름다우며 또 그 자유로움과 주체성에 끌려 마음이 이끌린다고! 사르트르가 꿈꾸었던 관계는 서로의 자유가 그대로 지켜지고 작용하는 자유로운 이어짐이었다. 그는 작가와 독자 사이의 관계에서도 마찬가지의 자유를 강조한다. 그래서 그는 독자의 자유를 온전히 인정하고 독자를 속박하지 않는 방식으로, 오히려 독자의 자유에 호소하며 글을 쓰는 정신을 강조하고 있다.

정신분석가 마이클 아이건Michael Eigen은 《독이 든 양분》이란 책에서 놀라운 이야기를 들려준다. 아이들은 증오와 학대에 의해 독성에 감염되어 고통받는 경우도 있지만 사랑에 의해 독화毒化되기도 한다는 것이다. 그래서 사랑에 의해 독화된 개인들은 이유도 알 수 없고 그 끝도 알 수 없는 어떤 심리적 고통을 겪는다고 한다. 이들은 참으로 넘치는 사랑을 받았던 자들이다. 하지만 그 사랑의 양분 속에는 독이 스며들어 있다.

자신들의 아이를 지극히 사랑하여 자녀의 존재로 인해 감동을 받은 부모가 있다고 치자. 그리고 이들은 아낌없는 사랑을 아이에게 쏟아부었다. 이 과정에서 아이는 부모의 우상이자 종교가 되고 부모는 아이를 돌보는 신성한 사제가 된다.[29] 그러나 부모가 쏟는 사랑의 폭포 아래서 아이는 현실 세계로 진입하는 데 어려움을 겪게 된다. 부모의 온갖 부정적 에너지가 고스란히 아이에게 전이되고, 부모 안에 있는 모든 것이 아이를 덮기 때문이다. 부모의 불안과 두려움, 야망, 편견, 통제, 자기 증오, 우울 등 온갖 종류의 독이 스며든다. 전적인 사랑이지만 순도가 완전할 수 없다. 아이건의 메시지는 간명하다. 양분과 독성을 구분하라는 것이다. 사랑과 소유, 사랑과 집착을 구분하라는 것이다. 자유를 주는 사랑, 스스로의 감정과 판단력을 표현하고 키우도록 돕는 사랑, 자유와 자립의 힘을 키우는 사랑이 진정한 사랑이란 뜻이다.

글 속에도 독성이 담길 수 있다. 그렇다면 진정 독자를 위한 글은 어떤 글일까? 실로 독자의 자유와 만나고자 하는 작가의 자유란 얼마나 섬세하여야 할까? 독자의 자유를 신뢰하고 그 자유에 호소하는 만큼 작가의 자유는 새로이 환기된다. 작가와 독자는 서로의 자유를 요청하면서 작품을 창조한다. 독자들 역시 작가들에게 자유를 요청한다. "우리들 독자는 우리의 자유를 느끼면 느낄수록 더욱, 타인인 작가의 자유를 인식하게 된다. 마찬가지로 작가가 우리에게 요구하면 할수록 우리도 더 그에게 요구하는 것이다."[30]

다시 한번 사르트르의 목소리를 들어보자. 글쓰기란 무엇인가? 작가의 자유와 독자의 자유의 조우이다. 작품이란 무엇인가? 작가와 독자의 공동 창조물이다. 따라서 글을 쓰는 작가가 독자에 대해 지녀야 할 태도는 신중함과 존중의 태도이다. 사르트르는 이를 독자에 대한 예의라고 밝힌다.[31]

누군가에게 보여주라

내가 쓴 글을 나의 비밀창고에 모아두는 것은 아름다운 일이다. 감추는 만큼 비밀이 깊어진다. 오직 나만의 보물로 삼는 것이다. 나만을 위한 글을 쓰면서 그 글쓰기 자체에서 누리는 행복감이나 자기 치유의 기쁨도 소중하다. 자신이 글을 쓴다는 사실 자체로 만족하는 마음 역시 가치가 있다. 그러나 글이란 다른 이에게 보여질 때 더욱 값진 보물이 된다. 내 글을 읽는 그 누군가의 마음과 이어지고, 나의 글이 그 독자의 삶에 작은 향기를 남기게 된다면 좋은 일이다. 단 한 사람이라도 내 글에 공감하고 어떤 빛을 발견한다면 내가 쓴 글은 더욱 가치가 있게 된다. 대체로 작가들은 독자와의 만남 속에서 행복을 느낀다. 작가가 누리는 최고의 보람과 기쁨은 누군가 내 글을 읽을 때, 독자들이 내 글을 읽을 때 찾아온다. 그 연결과 만남은 이 지상의 숱한 만남들 가운데 가장 아름답고도 경이롭다.

하지만 많은 사람들은 내가 쓴 글을 남에게 보여주길 꺼린다. 더구나 작품이나 책으로 출간하는 것에는 적잖은 두려움까지 느끼곤 한다. 이는 글을 쓰는 이만이 아니라 그림을 그리는 화가나 사진작가나 공연 활동을 하는 이들도 마찬가지다. 다른 표현예술과는 달리 글의 경우에는 심리적인 부담이 더욱 크다. 자기 자신이 숨김없이 노출된다는 생각이 들기 때문이다. 특히나 사람들의 반응과 평가가 두렵기도 하다. 그래서 마치 밤새 편지를 써두고서 붙이지 못하는 심정으로 주저하게 된다. 그러나 이 한계선을 뛰어넘는 일이 글쓰기 여정에서 실로 중요하다.

알다시피 처음 발표회를 하는 어린아이나 무대 공연을 하는 예술가에게는 두 가지 마음이 공존한다. 발표를 앞둔 설레임과 두려움이 바로 그것이다. 그 긴장감과 떨림이 심하여 위축되거나 자기 실력을 마음껏 발휘하지 못하는 경우도 적지 않다. 그러나 무대에 자주 설수록 무대공포증은 점차 줄어든다. 더불어 무대 경험이 축적되고 공연이나 전시의 기회가 많이 주어질수록 실력은 차츰 향상된다. 그리고 최초의 공연, 최초의 작품과는 달리 작품의 질이 비약적으로 좋아질 뿐 아니라 그러한 공연을 즐기게 되기까지 한다.

사실 누구든 자신의 글을 공개하는 일이 결코 쉽지만은 않다. 하지만 언젠가는 자신의 글을 무대 위에 올려야 한다. 나아가 자신의 글을 수많은 독자들 앞에 떳떳한 작품으로 내보이고 싶은 욕망이 있음을 스스로 인정해야 한다. 그렇다면 소수의 사람에게라도 글을 공개하고 소통하는 하는 것이 순서이다. 자신의 글을 기꺼이 오픈하는 일에는 약간의 용기가 필요할 뿐이다. 망설임과 두려움을 떨치고, 누군가에게 보여주면 된다. 그리고 그 글을 두고 대화를 하거나 피드백을 받게 되면 더욱 좋다.

누구든 내 글을 읽는 자의 반응에 초연할 수는 없다. 이는 달인의 경지에 이른 작가나 다작을 하는 작가의 경우에도 마찬가지다. 독자의 평가나 시선은 그만큼 절대적이다. 하지만 그것에 매이지 않도록 조금씩 단련해야 한다. 아울러 글에 대한 반응에 위축되지 않는 마음의 힘도 길러야 한다. 무엇보다도 자신의 글을 누군가에게 보여주는 일은 자유로운 도전이자, 나의 자유를 크게 확장하는 시도이다. 글을 쓰는 나의 자유가 기꺼이 독자의 자유와 서로 만나는 자유로까지 이어지면 금상첨화가 아니겠는가.

독자를 만나는 일은 글쓰기의 흐름에서 중대한 도약대가 되곤 한다. 독자와 연결되는 그 새로운 접속 관계가 새로움을 생성하는 외부의 힘으로 작용하기 때문이다. 무엇보다도 독자와 만나는 가운데 창조적인 힘이 형성되기 시작한다. 예기치 못하였던 글의 리듬이 형성되고, 새로운 글쓰기의 여행이 시작되기도 한다. 단 몇 사람일지라도 자신의 글과 이야기에 공명하고 즐거이 접촉되는 사람들이 있기 마련이다. 그들과 연결을 시도하는 작은 용기를 내어 고심하여 쓴 글을 공개할 때 그것이 글쓰기에 새로운 힘을 가하는 엔진이 된다. 인간은 관계들의 매듭이다. 이 관계 속에 기적과 같은 새로운 일이 시작되는 것은 오로지 나의 선택과 행동에 의해서이다. 글쓰기의 새로운 지평은 독자들과 만나는 새로운 이어짐을 통해서 열린다.

"당신은 당신의 행동 자체에 거주한다. 당신의 행동은 바로 당신이다. …… 당신이 당신을 변화시킨다. …… 당신의 의미는 눈부시게 나타난다. 그것은 당신의 의무이다. 그것은 당신의 증오이다. 그것은 당신의 사랑이다. 그것은 당신의 신의다. 그것은 당신의 창작이다. …… 인간은 관계들의 매듭이고 오직 그것만이 인간에게 중요하다."[32]

그렇다면 글은 어떤 방식으로 다른 사람과 만나게 되는가? 편집과 출판이라는 과정을 통하여 책으로 전달될 수도 있다. 이 경우에는 좀 더 완성된 작품으로 찾아가게 된다. 하지만 책이라는 매체만 있는 것은 아니다. 지금 우리 시대에는 실로 다양한 매체들이 사람과 사람을 이어주고 있다. 블로그와 온라인 카페, 각종 사회관계망서비스를 통해서도 글을 나눌 수 있다. 함께 글쓰기를 하는 커뮤니티의 경우 좀 더 심리적 부담을 줄일 수 있고 편안하게 피드백을 받을 수 있다. 사랑하는 사람이나 친밀한 사람, 혹은 서로를 신뢰하는 사람에게 살짝 나의 글을 보여줄 수도 있다. 이러한 작은 연결들을 소중히 여기고 긍정하는 마음을 가질 때 독자를 향한 글쓰기의 첫발을 떼는 것이다. 그런 다음에야 나의 글쓰기는 새로운 활력을 얻게 된다. 독자들과 연결 접속된다는 그 배치 관계 속에서 이제껏 경험하지 못했던 에너지와 영감이 솟구치고, 글을 지속적으로 이어 쓸 수 있는 소명을 발견하기 때문이다.

작가의 자유와 독자의 자유가 자연스럽게 만나는 열린 공간은 이미 다양하게 조성되었고, 갈수록 확장되고 있다. 특히 인터넷의 열린 공간은 지금도 확장 중이다. 이 속에서 독자들은 분자화된 입자처럼 자유로이 움직이고 있다. 작품이나 글들에 대한 독자의 즉각적인 반응이 저자에게 가감없이 전해지고 있다. 작가와 독자가 활자시대의 책 문화의 틀을 벗어나 전혀 다른 방식으로 만나고 있는 이 현상을 주목하여야 한다. 특히 그간의 문학의 질서나 출판의 구조를 벗어난 자유로운 창작의 공간이나 플랫폼에서 작가의 자유와 독자의 자유가 더욱 활기차게 만나는 새로운 환경이 조성되고 있는 것이다. 이러한 연결의 상황에서 작가는 독자들과 직접 소통하면서 글을 쓸 수도 있다. 어쩌면 독자와 함께 실시간으로 글이 창조될 수도 있을 것이다. 이러한 연결의 망을 통해 실시간으로 독자와 소통하는 일은 개인의 글 작업이나 습작에도 매우 유익할 수 있다.

사르트르가 던지는 질문은 우리들에게도 여전히 유효

하다. 그대는 진정 자유로운가? 또한 얼마나 자유로워지기를 바라는가? 누구를 위하여 글을 쓰는가? 그대는 독자의 자유를 진정으로 존중하는가? 아울러 그대의 글쓰기는 얼마나 타인을 자유롭게 할 수 있는가? 사르트르가 던지는 '자유'라는 화두를 우리가 굳게 붙잡는다면, 작가와 독자가 서로의 자유에 호소함으로써 오로지 자유로운 정신의 물결만이 도도하게 흐르게 해야 하지 않을까? 사르트르가 우리에게 환기시킨 바로 그 자유, 그것은 글쓰기의 영혼 속의 영혼이리라.

5장

콘텐츠를 수집하라

벤야민과 함께 떠나는 글쓰기의 모험

발터 벤야민 Walter Benjamin, 1892~1940

흔히 시인들과 철학자들은 글쓰기를 직조에 비
유한다. 씨줄과 날줄을 엮어 마침내 아름다운
비단을 짜내는 직조공처럼 글 쓰는 이는 낱말
하나하나 문장 한 줄 한 줄을 이어 아름다운 글
을 만든다. 글 작업, 이는 마치 아테네 여신의 저
주를 받아 거미가 되어버린 아라크네가 제 몸에
서 실을 뽑아내어 아름답고 황홀한 언어의 거
미줄을 펼쳐놓는 일과 같다. 벤야민은 말한다.
"Nulla dies sine linea! 단 한 줄이라도 글을 쓰
지 않고 보내는 날이 없도록 할 것!"

"쓸 수 있는 사람은 모든 것에 대해 쓸 수 있다! 특히 저자의 접근 방식이, 선택된 대상을 일종의 모나드[1]로 해석한다면, 다시 말해 그것의 현존재가 전체 세계의 현재 과거 미래를 드러내 보이는 것으로 해석한다면 더욱 그러하다. 벤야민의 마법이 바로 거기에 있다."[2]

발터 벤야민Walter Benjamin은 작가를 비롯하여 글을 쓰는 모든 이들에게 별처럼 빛나는 사람이다. 언제나 글을 쓰며 살았던 사람, 여행과 독서 그리고 수집광적인 수집을 거쳐 오로지 글쓰기에 몰두한 사람, 다양한 분야와 장르에서 탁월한 글들을 남긴 작가, 당대보다 사후에 더욱 새롭게 조명되는 사상가! 벤야민은 글쓰기에서 교과서와 같은 존재이다.

20세기 후반에 일어난 '벤야민 르네상스' 현상은 이러한 그의 영향력을 그대로 보여준다. 논문, 칼럼, 서평, 비평, 주해, 잡지 기고, 단상, 회고록 등 그는 어떤 글이든 쓸 수 있는 사람이었다. 특히 그가 남긴 에세이와 칼럼, 논문들은 문학비평, 사회

비평, 예술론 영역에서 지금도 깊은 탐구의 대상되고 있다. 무엇보다도 글쓰기 작업에 대해서 벤야민만큼 실질적이고 풍성한 아이디어를 던져주는 이는 없을 것이다. 100년 전으로 되돌아가, 아니 그를 현재로 소환하여 그의 목소리를 듣고 그의 눈동자를 들여다보자.

호기심으로 가득한 어린아이의 눈

벤야민의 글쓰기는 사물을 바라보는 그의 눈에서 출발한다. 그는 어린아이와 같은 눈으로 사물과 도시의 풍경들을 바라보았다. 그는 자신의 어린 시절을 정교하게 복원해내면서 여러 작품들을 써내기도 하였다. 철학자이자 비평가인 벤야민의 글쓰기는 아이와 같은 호기심으로 가득한 그의 눈동자에 비친 이미지들의 복원 작업과도 같았다.

벤야민이 보기에 아이들이 행하는 놀이와 창조적 작업은 글쓰기의 가장 근원적인 모형이다. 벤야민은 '공사 현장'을 찾아가 무언가를 만들며 노는 아이들에 대해 말한다. 아이들은 건축, 정원 가꾸기나 집안일, 재단이나 목공에서 생겨나는 폐기물들에 끌린다. 그리고 그 폐기물들을 재료 삼아 어떤 새로운 것들을 만들어낸다.[3] 아이들의 눈은 폐기물에서 자신들의 세계가 오로지 자신들에게만 보여주는 얼굴을 알아본다. 그리고 이질적인 온갖 재료들로 무언가를 만들어내는 놀이를 한다. 그리고 마침내 자신들의 사물 세계, 신선한 작은 세계를 자신들을 위해 만들어낸다.[4] 아이들의 눈은 호기심으로 가득 차 있으며, 어른들이 보지 못하는 전혀 새로운 이미지를 상상해낸다. 벤야민은 아이들에게서 창조성의 원천과 놀이로서의 작품 활동의 원천을 발견하는 듯하다. 그는 다음과 같이 아이들의 세계로 우리를 초대한다.

"우리는 이 작은 세계의 규범들을 가슴에 새겨두어야 한다."[5]

아이들이 사물과 관계를 맺는 방식은 벤야민의 예술이론에서 중요한 위치를 차지하는 '미메시스'mimesis 개념과 연결된다. 미메시스란 '모방'을 뜻한다. 벤야민은 미메시스를 인간이 지닌 매우 특별한 능력으로써 자신을 둘러싼 대상과 비슷해지려는 욕망이자 충동으로 이해하였다. 모방을 통해 나와 사물 사이의 유사성의 영역이 만들어지고 친화력이 발생한다. 아이들이 어울려 뛰어놀며 꽃, 나무, 돌멩이를 가지고 놀이를 하는 것은 전형적인 미메시스 활동이다. 이는 내가 그 사물과 관계가 있는 것처럼 행동할 때 이루어진다.

벤야민에 따르면 문자와 언어 역시 미메시스와 밀접하게 연관된다. 말하는 것과 듣는 일, 글을 쓰는 일과 읽는 행위는 비감각적 유사성 내지 비감각적 교감을 일으키기 때문이다.[6] 가령 책을 읽는 행위는 단지 읽기와 이해하기에 머무르지 않고 나와 대상(책, 글, 문자, 작가) 사이에 맺어진 관계를 읽어내는 일이며, 그 과정을 통해 어떤 에너지와 교감이 형성된다. 이는 매우 심미적인 현상이라고 할 수 있다. 인간 특유의 미메시스 능력으로 유사성 관계가 조성되는 이 과정에서 형성되는 현상을 벤야민은 '아우라'aura라고 한다.

잘 알려진 대로 벤야민은 소문난 수집광이었다. 그는 어릴 적부터 온갖 잡동사니와 도구들, 그리고 장난감들을 습관적으로 수집했다고 한다. 그리고 나이가 들어서도 이러한 수집벽은 사그라들지 않았다. 그의 서재에는 온갖 책들이 가득하였으며, 그의 박스들에는 온갖 물품들과 책장에 꽂히지 않은 책들로 가득하였다. 아울러 그는 어떤 작가의 책이나 글을 읽으면 미래의 어떤 글 작업을 위한 자료로 차근차근 메모를 해두었다.

벤야민은 여행을 다니면서도 수집을 멈추지 않았다. 그는 자신이 수많은 것들을 수집한 나폴리, 뮌헨, 그단스크(단치히), 모스크바, 피렌체, 바젤, 파리 등의 도시에 대한 기억을 회상하였다.[7] 그는 수집의 기쁨과 행복을 표현하기에 주저하지 않았다. 그는 유럽의 여러 도시를 여행하며 거리의 풍경들과 건축물

그리고 사건들과 사람들에 대한 이미지를 그 기억 속에 차곡차곡 쌓았으며, 그 도시들에 관한 자료들을 공부하였다. 이처럼 그의 모든 글쓰기와 연구 작업의 밑바탕에는 수집이라는 기초 작업이 있었다. 글쓰기를 하나의 건축 과정으로 비유한다면, 수집 활동은 건축을 위한 재료 확보의 공정인 셈이다. 각각의 재료들은 무작위로 수집되는 것처럼 보이지만 실상은 작가의 머릿속에 그려진 어떤 설계도에 따라 그 용도를 염두에 두고 선택되고 보관된다.

벤야민의 수집 습관이 글쓰기와 무슨 상관인가? 그런 기벽奇癖은 단순한 개인적 기질이나 특성 아닐까? 그렇게 보면 수집 습관 따위는 꼭 필요한 건 아니지 않겠는가? 하지만 자료 수집은 글쓰기의 가장 초보적인 습관이다. 책을 쓰거나 전문적인 연구를 하는 경우, 오랜 기간 동안 다양한 자료와 책을 모으고 읽고 적절한 인용문들을 정리하는 과정은 필수적이다. 어떤 영감이 떠오르면 단숨에 시를 쓰는 것처럼 보이는 시인들조차도 국내외 수많은 시인들의 작품을 읽고 연구한다. 소설가들 역시 공부와 만남과 여행 등으로 수집 활동을 쉬지 않는다.

《회색인간》을 비롯하여 수많은 웹소설과 소설집을 펴낸 김동식은 중학교만 졸업한 주물공장 노동자였다. 그가 펼쳐 보이는 세계의 판타지와 흥미진진한 서사들은 김동식 혼자서 만들어낸 상상력의 산물이라 생각하기 쉽다. 사실 김동식은 다

양한 콘텐츠를 소비하고 흡입하여 자기 스스로를 '콘텐츠 생산
이 가능한 공장'으로 만들었다. 그는 공장에서 일하면서 홀로 있
는 대부분의 시간을 다양한 콘텐츠를 접하면서 보냈다고 고백
한다. 책을 많이 읽지는 않았지만 영화, 만화, 웹소설 및 웹콘텐
츠 등 실로 다양하고 엄청난 분량의 콘텐츠를 접했다는 것이다.
그것이 반드시 소설을 쓰기 위해서만은 아니었지만 그러한 콘
텐츠 수집의 바탕 위에 마침내 그의 온갖 소설들이 생산된 것이
다. 그가 다양하고 풍성한 콘텐츠를 접하지 않았다면 김동식 스
타일의 콘텐츠를 만들어낼 수 없었을 것이다. 콘텐츠를 접촉하
고 다양한 것들을 습득하는 만큼 새로운 것을 생산할 수 있다.
누군가에게는 쓸모없는 폐기물처럼 보이는 것이라고 할지라도
이를 재료로 하여 새로운 것을 만들어내는 사람이야말로 진짜
창작 작업을 하는 작가일 것이다.

허위의 가면을 벗기는 비평

　　호기심 가득한 어린아이의 눈을 가진 벤야민의 눈동자
에는 깊고 예리한 시선이 담겨 있었다. 그것은 비평가로서의 통
찰력이다. 실로 벤야민은 탁월한 비평가였다. 그의 글쓰기를 한
마디로 비평적 글쓰기라고 칭할 수도 있을 것이다. 그는 비평을

자신의 소명이자 임무로, 비평가를 자신의 정체성으로 받아들였다. 그는 독일 문학 최고의 비평가가 되기를 꿈꾸었으며, 실제로 당대의 가장 중요한 비평가로 평가받았다.[8] 그는 비평 고유의 야성을 잃어가던 당시 독일의 비평계에 가차 없는 비판을 가하며 비평의 갱신을 외쳤다. 그리고 자신의 글쓰기 활동을 통하여 '비평이란 무엇인가'를 보여주고 입증하였다.

벤야민은 비평의 본질에 대해 다음과 같이 말한다. "비평의 기능은 오늘날에는 무엇보다도 '순수예술'의 가면을 벗겨내고, 예술의 중립적인 터전은 없다는 것을 보여주는 일이다."[9] 순수예술 혹은 순수문학의 이름으로 행하는 작업들은 사실 '순수'의 가면을 쓰고 행하는 순수하지 않은 행위라는 것이다. 그 어떠한 사회적 현안이나 이념적 지형에서 벗어나 순수한 문학의 영토 안에서 작업을 한다고 말하는 그런 중립성이란 허구에 다름 아니라는 말이다. 벤야민은 비평의 우선적인 임무를 작품에 대한 세부적인 평가가 아니라 순수예술의 알몸을 드러내는 일로 보았다. 따라서 그는 비평의 기준을 순수한 미학적 연구에서 기대하지 않았다. 벤야민에 따르면 비평은 문학이론이나 예술이론을 전개하는 작업이 아니다. 비평은 비평다워야 하고 비평적 촉을 지녀야 한다. 다음의 유명한 비평 명제는 그의 관점을 그대로 보여준다.

"비평은 작가를 칭찬할 때보다 더 그 작가에게 손상을 입히는 적이 거의 없다."[10]

이러한 견지에서 벤야민은 "비평이 자신의 양심을 다시 탈환해야 한다"고 역설한다.[11] 벤야민은 비평적 양심을 상실한 당시의 상황을 '맥 빠지고 무용지물'이 되어버린 상황으로 진단하였다. 비평의 몰락은 비평 고유의 힘을 잃어버리는 데서 기인한다. 비평의 힘은 다름 아닌 대상을 파괴하는 힘이다. 그 대상이 책이든 사회이든 영화이든 문학 텍스트이든 그 대상에게 충격을 주고 파괴력을 지니는 것이다. 우리는 통상적으로 '파괴'라는 말을 부정적으로 이해한다. 하지만 벤야민이 말하는 파괴는 '살리는 힘'이다. 그것은 비평이 지니는 진정성과 생생한 힘의 증거이다. 비평은 모든 허위와 사람들을 속이고 속박하는 텍스트에 균열을 내고 그것들을 다시 재생하도록 촉구한다. 즉 비평은 환기시키는 힘이자 살리는 힘이다.

벤야민은 강조한다. 비평가는 섬세함과 조심성이 필요하다고! 이는 비평적 글쓰기가 죽이는 힘으로 작용하지 않기 위해서이다. 그는 흥미로운 비유로 이를 설명한다. 비평이란 문학 작품이 '예술의 정원에서 지식이라는 낯선 땅으로' 옮겨 성장하도록 돕는 일이란 것이다.[12] 이러한 작업에는 섬세한 손놀림과 신중한 감각이 필요하다. 작품을 뿌리째 들어낼 때 자칫하면 식물 전체를 죽일 수도 있기 때문이다. 비평은 작품에 가하는 칼이 아니라 작품을 더욱 아름답고 풍성하게 자라도록 돕는 모종 작업과도 같다. 이처럼 벤야민의 관점은 신중하고도 겸손하다. 지고한 의미의 비평으로 나아가는 생명력은 비평 자체가 아니라 작품 자체에 달렸기 때문이다.[13]

벤야민은 서평을 비평의 중요한 영역으로 생각하였다. 그런 까닭에 직접 여러 문학 작품들과 글들에 대한 서평을 하였다. 도서비평가인 그는 당시의 서평가들이 '관객'의 시야에 들어오는 것만을 다루는 행태를 강도 높게 비판하였다. 벤야민이 말하는 '관객'이란 익명의 독자들로 형성된 무리로서 문학을 오락의 수단으로 삼고, 사교의 도구로 삼으며, 기분 전환의 수단으로 소비하는 사람들을 말한다.[14] 서평가들이 관객들의 시야에 들어오는 책들만 다루게 되면 정작 다루어야 할 작품들이나 글들은 배제되어버린다. 그 결과 잘 팔리는 책들이나 관객들의 소비적 유행에 따라 글을 다루는 풍토가 조성되기 마련이다. 그래서 벤야민은 비평은 "시장에서의 생산관계에 올바른 태도로 대응함으로써 자신의 파괴력을 확보해야 한다"고 강조한다.[15] 이는 상업화된 출판과 유통 질서 때문에 좋은 책들은 너무 적게 출간되고, 온갖 류의 책들로 장사를 하는 분위기에 대한 비판이었다.

벤야민 시대의 독일의 출판 상황과 오늘날 한국의 출판 시장의 현실은 놀라울 정도로 비슷하다. 서평이 주로 책 판매를 위한 영업 및 홍보의 사슬에 깊숙이 편입되어 있으면 그 고유의 비평적 촉과 혼을 상실하기 쉽다. 비평은 텍스트text 너머의 콘텍스트context 전체를 비평하는 것이다. 따라서 책 속의 언어와 스토리에만 몰두하는 좁은 시야를 버리고, 책을 둘러싼 구조와 역사적 사회적 맥락을 전체적으로 진단하여야 하는 것이다. 벤야민의 이러한 지적은 오늘날의 비평, 특히 출판비평이 겨냥하여야 할 지점들을 잘 보여주고 있다.

벤야민이 안내하는 읽기와 쓰기의 기술

벤야민은 읽기와 쓰기의 실용적인 지혜들을 우리에게 나누어준다. 읽기와 쓰기는 별개의 작업이 아니다. 쓰기는 읽기를 통하여 이루어지며, 동시에 읽기의 흐름 위에서 이어진다. 읽기는 글쓰기 작업의 예비 과정일 뿐 아니라 그 자체가 글을 쓰는 과정이기도 하다. 읽기를 통하여 글을 쓰는 콘텐츠가 생성되기 때문이다. 벤야민은 필사筆寫를 매우 긍정적으로 평가한다. 벤야민은 최고의 읽기는 '베껴 쓰기' 즉 '필사'라고 보았다. 그는 필사를 '도보 여행'으로, 단순한 읽기를 '비행기 여행'으로 비유한다.

"걸어가느냐 아니면 비행기를 타고 위를 날아가느냐에 따라 시골길이 발휘하는 힘은 전혀 달라진다. 이와 마찬가지로 텍스트도 그것을 읽느냐 아니면 베껴 쓰느냐에 따라 발휘하는 힘이 다르다."[16]

이는 우리의 경험을 통해서도 잘 아는 바이다. 비행기로 여행하는 사람은 땅 위에 펼쳐진 길들을 직접 경험할 수 없다. 하늘 위로 휙 지나가면서 전체 풍경을 잠시 훑어보면서 펼쳐진 지형과 도로의 윤곽들만을 목격할 뿐이다. 반면 산이든 도시의 골목길이든 천천히 걸으면, 한 걸음 한 걸음 걸으면서 온갖 풍경들을 샅샅이 보게 되고 길목마다 새로운 조망들을 경험하게 된다. 필사는 마치 풍경을 음미하며 걷는 일과 같다. 벤야민은 눈으로 스쳐지나가는 읽기가 아니라 텍스트를 직접 필사하는 읽기를 권한다.

"베껴 쓴 텍스트만이 그것이 몰두한 사람의 영혼에게 호령할 수 있는 반면 단순한 독자는 [텍스트에 의해 열린] 자기 내면의 새로운 광경들, 계속 다시 빽빽해지는 내면의 원시림 사이로 나 있는 길을 결코 찾을 수 없다."[17]

아마 벤야민도 자신이 주목한 텍스트나 문장을 직접 베

껴 쓰면서 동시에 책을 읽는 방식을 선호했던 듯하다. 이러한 읽기는 그 자체가 쓰기이다. 아울러 텍스트를 깊이 이해하고 경험하는 공부이기도 하다. 알다시피 눈으로 대충 읽는 것과 줄을 그어가며 읽는 것은 사뭇 그 맛이 다르다. 읽는 느낌이나 단어와 문장들을 인식하는 깊이의 차이가 크다. 텍스트의 글자 하나하나, 문장 한 줄 한 줄을 그대로 필사하면 단지 문장을 잘 이해하고 독해하는 효과 이상의 일이 일어난다. 다시 말해 자기 내면에서 펼쳐지는 새로운 풍경들이나 사건들과 조우하게 된다. 필사는 저자의 글을 찬찬히 옮겨 적으면서 저자와 함께 사유하는 경험을 하게 된다. 이때 매우 활발한 사유가 촉발되고, 새로운 사유의 지평이 펼쳐지며, 지금까지와는 다른 아이디어들을 얻게 된다. 그래서 어느 순간 자기 자신의 글쓰기가 전개된다. 모방의 어느 지점에서 도약이 일어나는 것이다.

　　　한 시인에게 이런 말을 들었다. "매일 한 편씩 시를 공책에 필사하라. 1,000편의 시를 필사하고 나면 자기 시가 저절로 쓰여진다." 적절한 안내가 아닐 수 없다. 그러므로 책 속에 담긴 좋은 문장과 문단 전체를 정성껏 필사하는 '읽기=쓰기'를 꾸준히 시도하는 것은 좋은 글쓰기의 지름길이 될 수도 있다. 필사는 오히려 사유의 훈련이자 글쓰기 훈련이며, 그 자체가 특별한 글쓰기이다.

　　　오늘날 키보드로 컴퓨터 자판을 두드리거나, 엄지손

가락 두 개로 스마트폰 메모장앱에 글을 남기는 방식의 쓰기가 급속히 확산되고 있다. 게다가 자신의 마음에 드는 글을 만나기라도 하면 단숨에 '복사'copy하거나 '캡처'하여 저장하는 일이 다반사이다. 인용할 때에는 그 문장을 손으로 직접 쓰거나 타이핑하지 않고 텍스트 '오려붙이기'를 하는 방식을 선호한 지 오래다. 이는 '문자 기록 기술'의 발달로 생겨난 자연스러운 현상이기도 하다. 그러나 변치 않는 진실이 하나 있다. 읽지 않은 텍스트는 습득한 지식이 아니다. 텍스트를 정보와 자료로만 취급하는 시대에 벤야민의 필사 예찬은 우리에게 경종을 울린다. 나아가 정보와 지식의 범람 속에서 부유하며 번지고 있는 가벼운 읽기에 일침을 놓고 있다. 가벼운 읽기와 가벼운 쓰기가 초래하는 온갖 증상들에 시원한 해독제를 주사하는 듯하다.

흥미롭게도 벤야민은 비평과 관련하여 "주석 작업이나 아니면 인용만 가지고서도 아주 훌륭한 비평을 만들어낼 수가 있다"고 보았다.[18] 나아가 그는 순수한 인용문들로만 이루어진 비평을 완전한 비평으로 키워낼 필요가 있다고 역설하기조차 한다. 이는 우리의 상식과 매우 동떨어진 말로 들린다. 비평이란 일종의 권위를 지닌 비평가가 글에 대해 평가를 가하는 것이 아니던가? 그런데 어떻게 인용만으로도 비평이 가능할까?

벤야민은 좋은 비평이란 '비평적 주석'과 '인용'이라는 두 가지 요소로 구성된다고 말한다. 그의 관점은 심오하다. 해석과 주해란 단지 본문에 대한 해설이자 뜻풀이에 불과한 것이 아니며, 인용 역시 아무런 창조성의 개입이 없는 편집 행위가 아니라는 것이다. 본문의 '어떤 부분'을 발췌하는 데에도 발췌자의 관점과 시선이 담겨 있으며, 인용문을 선택하고 배열하는 작업에도 인용자의 관점과 의지가 내포되어 있다고 본다. 벤야민에 따르면 인용 본문의 선택 자체가 창조적인 작업이며 그 해석 자체가 비평이다. 다시 말해 인용 작업 자체가 창조적인 배치 작업인 것이다. 이러한 관점은 글쓰기란 전적으로 새로운 창작이자 새로운 사물의 창조라고 생각하는 통념을 넘어서는 것이다.

벤야민이 쓴 《아케이드 프로젝트》라는 방대한 책은 온갖 인용문들로만 구성되었다. 그 책을 펼쳐보면 벤야민의 창작물이라는 느낌이 들기는커녕 단순한 인용문들의 조합처럼 보인다. 실제로 이 책은 벤야민이 그간 수집한 수많은 메모들의 모음집이다. 단지 인용문들의 편집 행위에 불과한 것으로 보이는 책을 하나의 작품이라고 볼 수 있을까? 그 대답은 '그렇다'이다. 그 책은 벤야민의 성실한 연구 과정에서 형성된 나름의 설계도에 따라 지어진 구조물이다.[19] 그는 이 구조물을 건축하기 위하여 수많은 재료(인용문)들을 수집하였고, 일일이 자신의 손으로 인용문들을 필사하였으며, 자신의 설계도에 따라 적절하게 배치하고 배열하였다. 인용된 글들은 원저작자의 글들이지만, 《아케이드 프로젝트》라는 이름으로 작품화된 책은 벤야민의 창작 작업과 실험적 책 쓰기를 통해 이루어진 결과이다. 아울러 그 책에서 다루는 도시, 파리에 대한 가치 있는 문학 작품이자 비평이기도 하다. 적절하고 다양하게 발췌된 인용문들을 통해 도시비평, 역사비평, 건축비평, 사회비평, 문화비평, 문학 및 예술비평을 동시에 행하고 있는 것이다.

벤야민은《일방통행로》에서 '대저大著의 원리들 또는 두꺼운 책을 만드는 기술'을 상세하게 소개한 바 있다.[20] 벤야민이 말하는 바는 그런 방식으로 두꺼운 책을 쓰라는 것이 결코 아니다. 그 기술은 대작大作을 만드는 비법이 아니라 그저 부피가 큰 책大冊을 만드는 통속적인 기술이다. 그 방법론의 핵심은 모든 서술들을 풍부하게 만들고, 온갖 사례들을 풍성하게 언급하고, 여러 이론들에 대해 조목조목 반박하는 방식으로 책의 분량을 최대한 늘리는 것이다. 즉 벤야민은 책의 볼륨volume을 마구 키워 무언가 대단하게 보이려는 학자들 혹은 엉터리 작가들을 풍자하고 있다. 책 두께는 부풀었지만, 정작 그 내용은 공허하기 짝이 없는 책 쓰기에 대한 호된 비판인 것이다. 벤야민은 그런 방식으로 '저질의 내면이 책의 모습을 결정하게 되면 카탈로그 같은 기막힌 저술'이 생겨난다고 꼬집는다.[21]

아울러 벤야민은 '작가의 기술에 대한 13개의 테제'를 남겼다.[22] 이 기술들은 그가 자신의 글쓰기 경험을 통해 터득하고 실천한 것들로 보인다. 그가 제시하는 기술들은 매우 섬세하고 실제적이다. 글쓰기의 환경을 최적의 상태로 조성하는 일과 하루도 빠짐없이 글쓰기를 하는 습관, 착상을 포착하는 감각 등은 주목할 만하다. 우리가 벤야민의 방식을 그대로 따라서 할 필요는 없을 것이다. 그 13개의 테제는 벤야민만의 개인적 스타일과 비평적 글쓰기가 지닌 특이성, 꼼꼼한 독일인의 사유 방식 및 일 처리 방식의 총화이기 때문이다. 게다가 기술의 발달로 텍스트를 접하거나 인용하는 방식에도 큰 차이가 생겼다. 하지만 누구든 벤야만의 제안을 새겨들으면 자신의 글쓰기 기술이나 방법에 대해 다시금 숙고하게 된다. 그러면 자기 자신에게 적합한 기술들을 고안하는 데 실질적인 조언이 될 것이다.

기억과 경험, 그 사소한 것들로 빚어낸 빛나는 성좌

벤야민의 글에는 사소한 것들로 가득하다. 어린 시절의 기억, 도시의 온갖 건물들, 소소한 거리의 풍경들, 자신이 목격하거나 만난 사람들의 이야기, 자신의 꿈 이야기 등 일상적인 경험들이 담겨 있다. 그 글 소재들이 너무나 평범하여 우리를 놀라게 할 정도이다. 이 모든 것은 자신의 기억과 현재의 경험들로 구성되었다. 이러한 과거의 기억과 현재의 경험은 글쓰기 작업을 통해 미래적 사건으로 전개된다. 그 미래의 사건이 바로 작품으로 탄생하는 순간이다. 이는 마치 단편적인 사료史料들을 모아 역사를 구성하는 것과 유사하다. 벤야민은 역사에 대해 다음과 같이 말한다. "지나간 과거를 역사적으로 표현하는 것은 …… 어떤 위험의 순간에 섬광처럼 스쳐지나가는 것과 같은 어떤 기억을 붙잡아 자기 것으로 만드는 것을 의미한다."[23] 이처럼 그는 지나간 사건들 속에서 그냥 지나칠 수도 있는 어떤 역사적 이미지들을 포착하고 붙잡는 것을 '역사 기록'이라고 말한다.

또한 그는 과거의 상像들은 휙 지나쳐버리기 마련이므로, 역사가는 모름지기 모든 변화들 중 가장 눈에 띄지 않는 사소한 변화에도 정통하여야 한다고 강조한다.[24] 벤야민에 따르면 이러한 작업은 메시아적 희망을 안고 묵묵히 진행되며, 마침내 모든 것이 새롭게 되는 메시아적 순간으로 완성된다. 이러한 관점은 그의 글쓰기 이해와도 매우 밀접하다. 그가 자신의 어린 시절을 회상하며 스쳐지나는 기억을 담아 글을 쓰는 방식, 자신이 모아온 온갖 메모들과 자료들을 새롭게 배치하고 정리하는 방식의 글쓰기 말이다. 그리고 마침내 작품으로 탄생하여 빛을 비추게 하는 숭고한 작업 말이다.

철학자이자 비평가인 벤야민이 단지 거대 담론이나 사회적 현안에만 관심을 가졌다고 판단하는 것은 큰 착각이다. 오히려 그는 일상의 사소한 것들, 가령 사람들의 표정과 제스처, 그 내면의 고통, 장난감과 같은 하찮은 물건들을 소재로 삼아 글을 썼다. 그는 '일상의 체험들, 진부한 대화들, 망막에 남은 잔상들, 자기 혈관의 고동 소리 등 미처 눈치채지 못했던 것들'이 꿈의 소재가 된다고 보았다. 벤야민에게 꿈의 소재는 곧 글의 재료이기도 하였다.[25] 그는 실로 소소한 것들에 대한 감각을 지닌 사상가였다.

그의 책《일방통행로》를 통해 그가 시도한 것은 소소한 것들로 가득한 일상생활의 현상학이었다.[26] 그 책에서 다루는 대부분의 소재들은 누구든 소홀히 여기고 지나칠 수도 있는 사소한 것들이다. 하지만 그는 그 소소한 것들에서 비평적 감각으로 번뜩이는 글들의 단서와 재료를 발견하여 드넓은 사회적·역사적 지평을 드러내었던 것이다. 그러한 사소한 것들을 모아 글이라는 작품이 탄생하는 그 순간은 그가 말하는 '메시아적 순간'과도 같다. 작고 소소한 것들을 순간의 섬광으로 지나치지 않고 빛나는 별이 되게 하는 작업, 작은 별빛들을 모아 빛나는 성좌를 만드는 일, 이것이 글쓰기의 매력이 아닐까.

벤야민은 이렇게 말했다. 위대한 작가는 완성된 작품보다 평생을 두고 작업을 했지만 아직 완성하지 못한 단편들을 훨씬 중요하게 여긴다고.[27] 지금 수집하고 정리하고 있는 단편적인 글들과 자료들이 언제 작품으로 모아질지 알 수 없고, 언제 죽음이 비수처럼 자신에게 찾아올지 모르지만, 작가는 그 작업을 계속하고 있다. 미완의 원고를 늘 지니고 있는 사람, 사소한 글 재료들과 콘텐츠를 소중히 여기는 사람, 죽음이 자신을 멈추게 할 때까지 쓰기를 포기하지 않는 사람, 벤야민은 이러한 사람이야말로 진정한 작가라고 보는 듯하다.

지질학자들에 따르면 지구 지층의 판은 단 한 번의 큰 충격으로 바뀌지 않는다고 한다. 판구조론은 지구의 대지각변동이 일순간에 일어나는 격변이 아니라 오랜 시간에 걸쳐 서서히 이루어진 현상이라는 걸 보여준다. 지금도 진행 중인 대륙 이동 역시 일 년에 겨우 2센티미터 내지 5센티미터 정도 이동한다고 한다. 그런 미세한 이동이 수천만 년 축적되어 수백 킬로미터나 이동한다고 한다.

우리는 흔히 내가 뒤흔드는 '지진 한 건'이나 내가 터뜨리는 '화산 한 방'으로 세상이 뒤집히는 대격변이 연출되기를 바란다. 작품 하나, 책 한 권으로 무언가 대박을 이루려거나 강력한 킬링 콘텐츠를 만들고자 하는 욕심이 바로 그런 것이다. 내 글을 통하여 단숨에 대지각변동이 일어나리라는 기대는 그릇된 환상이 아닐까? 벤야민과 같은 성실한 태도를 지닐 일이다. 지금 각자의 자리에서 소소하고 작은 작업을 멈추지 않는 일이 가장 위대하고 아름다운 일이다.

벤야민에게 글이란 작고 사소한 것들이 이어져 생성해내는 무한한 빛의 성좌이다. 그는 좋은 산문을 쓰는 작업에는 세

단계가 있다고 말한다. 그 첫째 단계는 음악의 단계, 둘째 단계는 건축의 단계, 마지막 단계는 그것을 엮는 직조의 단계이다.[28] 우리는 이 세 가지 이미지에서 유사한 특성을 쉽게 발견할 수 있다. 악보 하나하나를 익혀 연습하고 마침내 연주하는 음악가, 재료 하나하나를 설계도의 공정에 따라 배치하고 집을 지어 마침내 완공하는 건축가, 실 한 올 한 올을 씨줄과 날줄로 엮어 아름다운 비단을 짜내는 직조공의 모습이 바로 그것이다.

　　　일상 가운데 소소한 것들을 모아 쉼 없는 작업을 거쳐 마침내 작품을 완성하는 일, 이것이 글쓰기다. 그 완성의 순간은 벤야민이 말하는 '메시아적 순간'과도 같다. 흩어져 있는 사물들 속의 '유사성이 비로소 섬광처럼 그 모습을 드러내는'[29] 찬란한 영광의 순간, 그 글은 하늘의 성좌처럼 빛나게 되리라.

6장

변형과 창조를 시도하라

들뢰즈와 함께 떠나는 글쓰기의 모험

질 들뢰즈 Gilles Deleuze, 1925~1995

들뢰즈는 카프카가 남긴 두 가지 비유를 소개한
다. "요람에서 아기를 훔치라!" 안락한 요람에 누
워 있는 '아기'를 탈주하게 할 때 새로운 영토로
나아갈 수 있다. 또 하나. "팽팽한 줄 위에서 춤
추라!" 이는 마치 외줄타기를 하는 곡예사의 몸
짓과도 같다. 글쓰기는 외줄 곡예사의 길이다.
주류적인 언어의 선을 완전히 벗어나면 추락하
게 되고 그 위에 그대로 서 있으면 아무것도 할
수 없다. 하지만 노련한 곡예사는 줄 위에서 춤
을 춘다.

"얼마나 많은 문체나 장르, 혹은 문학적 운동 ─ 그것들이 아무리 소소한 것일지라도 ─ 이 오직 하나의 꿈만을 가지고 있었던가? 언어 활동이 다수적 기능을 만족시키는 것, 국가의 언어, 공식적 언어로서 복무하는 것을 말이다."[1]

질 들뢰즈Gilles Deleuze, 그만큼 자주 회자되는 현대 철학자도 없을 것이다. 특히 글을 쓰는 이라면 들뢰즈를 주목하지 않을 수 없을뿐더러 남다른 호감을 지니게 된다. 이는 들뢰즈가 글쓰기에 대해 무수히 언급을 하였을 뿐 아니라 읽는 이에게 언제나 번뜩이는 통찰을 안겨주기 때문일 것이다.

그렇다면 글을 다루는 이들에게 들뢰즈가 안겨준 가장 대표적인 통찰은 무엇일까? 그 대표적 메시지는 바로 이런 것이다. "오직 하나의 꿈만 추구하는 글쓰기에서 벗어나라!" 여기서 그가 말하는 꿈은 다수성이 지배하는 문학의 영토 안에서 유명한 작가가 되고자 하는 꿈이다. 변방의 소수자에서 중앙의 다수자로 나아가고자 하는 흐름이 바로 그것이다. 그러면서 오히려

그는 "반대의 꿈을 꾸자!"고 외친다.²

들뢰즈가 말하는 '반대의 꿈'이란 무엇일까? 그것은 '탈주'escape를 말한다. 기존 글쓰기의 영토, 고정된 언어의 용법을 벗어나는 탈주가 바로 그것이다. 아울러 그것은 새로운 삶을 향한 탈주이기도 한다. 바로 중심부를 향하던 꿈에서 벗어나 유목하는 것이다. 들뢰즈가 말하는 '노마디즘'Nomadism, 유목주의은 반문화적인 삶으로써 유목의 삶을 선택하는 일이다. 다수성이 지배하는 질서 안에 안주하고자 하는 정착성을 벗어버리는 일, 도주선을 긋고³ 탈주하는 일, 기꺼이 변방에 머물며 다른 삶을 살아가는 일, 자신의 글쓰기 방식에도 변화를 시도하며 유목하며 글을 쓰는 일이다.

글쓰기는 '삶 쓰기'다

글쓰기는 '신체'body의 작업이다. 작가의 글쓰기 작업은 단지 정신의 활동이 아니다. 글쓰기는 한 사람의 전 존재가 움직이며 투입되는 작업이다. 사람들은 글쓰기를 자신의 머릿속에 담긴 생각이나 이야기를 문자로 표기하는 언어적 행위로 이해한다. 그러나 들뢰즈는 단지 언어 활동만이 글쓰기와 표현의 유일한 흐름이 아니라고 말한다.⁴ 모든 글에는 그 글의 외부外部가 있으며, 쓰기 역시 쓰는 행위 그 이상의 차원이 있다는 것이다. 그것은 글 바깥의 요소, 즉 글 쓰는 이를 둘러싼 삶과 사회적 맥락을 포괄한다. 글쓰기가 단지 글 내부만을 향할 때 더 이상 새로운 창조가 일어나기 어렵고, 글은 블랙홀처럼 죽음을 향한다.[5] 그러한 글쓰기는 한없이 따분하고 피곤한 작업이 된다.

"진부하고 식상한 이야기를 진부하지 않고 식상하지 않게 쓰는 것. 소설은 그렇게 쓰여야 한다. 독자들은 그런 소설을 알아본다.

시는 꽃이고 혁명이고 삶이어야 한다. 그런 시를 만나면 바로 느낄 수 있다. 꽃처럼 혁명처럼 삶처럼 쓰는 것은 흉내를 내는 것일 뿐. 흉내를 내는 사람은 지천에 깔렸다.

나는 온몸으로 글을 쓴다. 머리로는 공부를 한다. 한 편의 소설을 위해 읽어내는 자료와 원서의 양이 제법 많다. 비록 한 문장을 못 길어올려도 상관없다. 그런 다음 발을 무수히 놀려 샅샅이 찾아다닌다. 지구 끝까지라도 갈 거니까. 필요하다면 남극에도 갈 거다. 그리고 가슴으로 빙의를 한다. 이야기 속의 모든 등장인물이 내가 된다. 마지막으로 손이 하는 일은 그저 컴퓨터 앞에서 다듬는 것뿐이다. 나는 나에게 최면을 걸고 나를 독려한다. 넌 할 수 있어!"[6]

장편소설 〈검은 모래〉[7]와 〈무국적자〉[8]로 널리 알려진 소설가 구소은 작가가 한 말이다. 이 말 속에 구 작가가 소설을 쓰는 자세와 기술이 죄다 담긴 듯하다. 사실 "나는 온몸으로 글을 쓴다"는 이 말에 글쓰기의 모든 것이 다 담겼다고 해도 과언이 아니다. 글쓰기에 몰두하여 혼신의 힘을 쏟는 작가혼은 물론이거니와 글쓰기란 '존재 전체가 동원되고 투입되는 작업'이란 점을 잘 보여준다. "가슴으로 빙의를 한다"는 말 역시 들뢰즈의 글쓰기론과 맥을 같이한다. 글쓰기는 실로 나의 온몸이 동원되면서 동시에 내가 아닌 '그 무엇이 되는' 작업이기 때문이다.

글쓰기를 정신적 활동 즉 언어 작업으로만 이해할 때 좋은 글쓰기의 비결은 언어를 적절하게 구사하고 배합하는 역량에 국한된다. 그렇게 하면 쓰기는 언어를 적절하게 구사하여 이를 독자들에게 효과적으로 전달하는 기술로 전락한다. 그리고 작가의 신체 중 오로지 펜을 쥔 '손'만이 쓰기 작업에 동원되는 것으로 이해하기 십상이다. 하지만 글쓰기는 신체의 작업이다. 온갖 요소로 구성된 우리의 전 존재가 투입된다. 온갖 사물과 사람들 그리고 정보들과 연결 접속하는 힘의 흐름 속에서 글은 만들어진다. "글쓰기는 육신적corporeal 활동이다. 우리는 온몸을 훑어through 아이디어를 만들어낸다. 즉 우리 몸을 훑어 쓰면서 우리 독자들의 몸에 닿기를 바란다."[9]

"글쓰기의 유일한 목적은 삶입니다. 글쓰기가 이끌어내는 조합들을 통해 삶을 유일한 목적으로 삼는 것이죠."[10]

들뢰즈는 글쓰기와 삶을 구분하지 않는다. 그에 따르면 글쓰기는 '삶 쓰기'이고, 삶은 '일종의 글쓰기'이다. 다시 말해 글쓰기 자체를 목적으로 하는 글쓰기, 글쓰기 자체가 삶인 글쓰기, 글쓰기를 통해 삶을 생성하고, 삶이라는 책을 열어가는 쓰기를 의미한다. "글쓰기는 삶의 사건을 생산하며 삶과 더불어 생성하거나 변화한다."[11] 여하한 자신의 신체가 던져진 삶의 정황 즉 작가의 삶의 콘텍스트가 글쓰기의 근원적 토양이 된다. 따라서 글을 쓰는 이는 자신의 삶에 주목하여야 하고, 삶의 경험 속에서 글을 길어올려야 한다. 무엇보다도 자기 자신이 사건들 속에 내던져지기를 마다하지 않고 다양한 현장에서 사람들과 사물들을 체험하기를 시도해야 한다. 그런 흐름 속에서 그 기운을 자신의 '몸'으로 담아 말하는 것이다. 자신의 몸을 던져 온몸으로 글을 써본 사람은 안다. 자신의 삶이 글이 되고, 글을 쓴다는 것은 자신이 전 존재가 동원되는 작업임을.

배치를 바꾸면 글이 달라진다

들뢰즈는 또 이렇게 말했다. "문학은 하나의 배치물이다."[12] 들뢰즈는 '배치'라는 개념으로 모든 사물과 운동을 설명한다. 그에 따르면 우주의 모든 사물과 우리 인간들의 삶과 언어와 사유조차 모두 배치로 이루어져 있다. 특히 인간의 언어 활동은 '언표 행위의 배치'[13]를 통해 이루어진다. 즉 글쓰기는 언어의 배치를 통해 이루어지는 작업이다. 책 역시 하나의 배치다. 책의 배치는 문학이라는 장르를 둘러싼 복합적인 배치이다. 여기서는 작품 외부에서 독자, 시장, 서점, 출판사, 언론, SNS, 문단, 비평가 등 수많은 다른 사회적 장치들과의 배치 관계가 작동한다. 게다가 어떤 장르나 글쓰기 유행이라는 배치 현상도 있다.

들뢰즈는 배치를 다르게 하라고 강조한다. 나아가 문학의 새로운 배치를 고안하고 실험하라고 요청한다. 심지어 진정한 작가는 새로운 배치를 만들어내는 자라고까지 말한다.

"저자는 발화 행위의 주체이지만, 작가는 발화 행위의 주체가 아닙니다. 작가란 저자와 다릅니다. 작가는 우리를 고안해낸 배치들로부터 배치들을 고안합니다."[14]

들뢰즈에 따르면 저자는 주어진 배치 안에서만 글을

쓸 뿐이다. 저자는 글을 쓰고 무언가를 발화하지만 그가 사용하는 언어는 기존의 언어의 질서와 배치 안에서 주어진 의미를 반복하는 것일 뿐이다. 그는 발화할 뿐 새로운 언어를 창조할 줄 모른다. 이와 달리 작가는 새로운 배치를 고안하고, 새로운 배치 관계로 들어가 다양한 것들과 공명하며 새로운 언어의 세계를 펼쳐내는 자이다. 그는 자신이 접속한 존재들 속에서 새로운 언어와 스토리를 생성해낸다. 그러므로 작가는 자신과 다른 '○○와 함께 말을 하고', '□□와 함께 글을 쓰는' 자이다.[15]

작가는 온갖 언어들을 주워 모아 배치 작업을 한다. 그것이 글쓰기 작업이다. 김연아 시인의 시집 《달의 기식자》를 보면 배치의 풍경을 묘사한 흥미로운 시가 하나 등장한다. 〈천사가 지나간다〉라는 시가 바로 그것이다.[16] 시는 이렇게 시작한다.

"새틴바우어 새의 정원에는
시의 행처럼, 물건들이 배열되어 있다
그의 날개 색은 바꿀 수 없어도
구애를 위한 정원의 전시물은 끝없이 바뀐다"

영상을 통해 그 장면을 보면 이 시가 그려내는 현장이 그대로 펼쳐진다. 새틴바우어 Satin Bower bird는 오스트레일리아 뉴기니 섬에만 사는 파랑새이다. 이 새의 구애 장면은 매우 독특하다. 수컷 새틴바우어는 구애를 하며 암컷의 환심을 사기 위해 온갖 종류의 물건들을 입으로 물어 와 숲속의 땅바닥에 전시한다. 블루베리, 조개껍데기, 새 깃털, 꽃, 열매 등등을 모아 땅에 펼쳐 놓는다. 그런데 그 모든 것이 파란색이다. 자연물이 아닌 것도 있다. 유리 조각, 단추, 타일, 빨래집게 등 사람들이 만든 것이라도 파란색이면 물어다 놓는다. 그리고는 땅바닥 한 곳에 짚을 깔고 한쪽 면에 나뭇가지를 땅에 박아 40센티미터쯤 되는 벽을 세워 정자亭子를 만든다. 이것이 새틴바우어의 사랑의 '바우어'bower 즉 정자이다. 암컷은 이 모든 과정을 유심히 지켜본다. 수컷이 예쁜 물건 하나를 입으로 물고 들어올리면 암컷은 '구구' 소리를 내면서 반응을 한다.

이 시에는 다음과 같은 시구들이 등장한다.

구애하는 새처럼 나는 낱말을 배열한다 (3연)

입 속에서 자꾸 맴도는 금빛 단어들 (4연)

먼 곳에서 온 낱말들이 나에게 닿았을 때 (5연)

누군가 슬쩍 끼어들어 써놓은 문장 같은 것

내가 쓰고자 했으나 쓰지 못했던 문장들 (6연)

시인은 이 시에서 작가들이 아름다운 언어를 수집하고 배치하는 글쓰기 작업을 비유하고 있다. 언어를 배치하는 작업은 새틴바우어의 구애와도 같은 낱말의 수집과 배치 과정이다. 그것은 예쁜 언어 조각들과 그 조각들의 배열, 그 언어들 속에 사랑을 담는 작업이다. 이윽고 그 언어들이 빛나며 독자의 마음을 열게 만든다.

　　이처럼 글쓰기는 독자를 향한 사랑의 작업이자 구애이다. 아마 그런 열정 안에서 최상의 배치가 이루어지는지도 모른다. 이처럼 글은 언어의 배치 작업이며, 언어의 배치를 바꾸면 글이 달라진다. 즉 배치를 바꾸면 다른 글이 되고, 차이 나는 글, 창조적인 글, 무언가 새로운 것을 생성하는 글이 된다. 언어의 배치를 바꾸면 문체가 달라지고 새로운 표현양식과 낯선 언어들이 창조된다. 이는 낯선 이미지와 의미를 조성할 뿐 아니라 그간 존재하지 않았던 새로운 공간을 창조하는 일이다.[17]

　　글쓰기 작업은 기존의 언어에 주어진 '의미'를 그대로 반복하며 나열하는 작업이 아니다. 주어진 의미를 다르게 바꿀 수도 있고, 새로운 의미를 부여할 수도 있다. 언어의 배치를 바꿈으로써 다른 의미를 만들거나 혹은 새로운 의미를 창조하는 것이다. 그러므로 글을 쓰는 이는 평범하고 익숙한 언어를 낯설게 함으로써 언어의 쓰임새를 바꾸는 일에 능숙해야 한다. 낱말을 바꿈으로써 낯익은 것을 낯설게 만드는 것이다. 들뢰즈는 이를 친절하게 설명한다.

"한 단어는 항상 다른 단어로 대체될 수 있습니다. 만약 그것도 마음에 안 들거나 당신에게 맞지 않으면, 또 다른 것을 취해서 그 자리에 대신 놓으십시오."[18]

글쓰기는 언어의 배치와 용법을 바꾸는 작업이자 낱말들을 편집하는 행위이다. 새로운 배치는 새로운 창조를 만든다. 들뢰즈는 목소리를 높여 강조한다. "비일상적인 말들을 창조합시다."[19]

낱말의 배치나 문장의 다른 배치만이 있는 것이 아니다. 성석재의 소설 〈투명인간〉[20]은 한국 근현대사를 살아낸 한 가족의 스토리를 통해 많은 독자들의 호응과 공감을 얻은 소설이다. 이 소설은 매우 특이한 방식의 구성 즉 글의 배치를 보여준다. 소설에는 백수, 만수, 석수, 금희, 명희, 옥희 그리고 만수 어머니, 만수 아버지, 만수 친할머니 등등의 등장인물이 등장한다. 그런데 이 소설의 화자는 어느 한 사람이 아니다. 만수를 제외하고는 화자들이 수시로 바뀌면서 자기의 경험을 회상하고 풀어낸다. 즉 서로 다른 화자들의 시선들이 결합되면서 전체 이야기가 전개되고 마침내는 종합되는 방식이다. 다수의 화자라는 배치를 통하여 소설의 구성과 문체와 흐름 전체에 변형을 가한 것이다, 따라서 그 새로운 배치 안에서 독자들은 전혀 새로운 느낌으로 이야기 속으로 들어가게 된다. 각 사건과 이야기의 전개를 더욱 풍부하고 다양하게 만나게 되고 소설 속의 세계를 색 다르게 경험하게 된다. 이런 것이 배치의 힘이다. 배치를 바꾸면 작품이 달라진다.

다른 것 되기

글을 쓰는 이들은 대부분 작가가 되려고 한다. 그러나 들뢰즈는 '작가가 아닌 것 되기'를 감행해야 한다고 강조한다.[21] 나아가 이를 통해 진정한 글이 창조되고 새로운 생성이 일어난 다고 말한다. 이게 무슨 말인가? 작가가 아닌 것이 되기devenir라 니! 이는 작가라는 직업이나 호칭을 가지지 말라는 의미가 아니 다. 작가가 자기 자신이 아닌 어떤 것으로 변신하고 변용되는 것 을 말한다. 자신이 아닌 작품 속의 화자나 사물이 '되어' 말하는 것이다.

"글쓰기란 '생성/되기'입니다. 하지만 이때의 생성이란 '작 가 – 되기'가 아닌 '무엇인가 다른 것으로 – 되기'이지요."[22]

'되기'란 자신이 아닌 다른 것 되기를 뜻한다. 들뢰즈식 으로 예를 든다면, 카프카가 소설 〈변신〉을 쓰는 일은 일종의 카프카의 '벌레 – 되기'라고 할 수 있다. 모차르트가 새의 노래를 작곡에 담을 때 이는 모차르트의 '새 – 되기'이다. 사람이 새처럼 노래하는 것이 아니라, 새가 노래가 되듯이(노래 – 되기) 사람이 새가 되는 것(새 – 되기)이다. 남성 소설가는 여성 화자의 이야기를 쓰면서 '여성 – 되기'를 경험하고, 야생초의 이야기를 다루는 작가는 '야생초 – 되기'를 실행한다. 난민의 스토리를 쓰는 작가는 '난민 – 되기'를, 물고기를 작품에 담는 작가는 일종의 '물고기 – 되기'를 하는 셈이다.

　　단지 문학만이 아니라 음악, 무용, 연극, 그림, 영화 등 대부분의 예술적 시도는 일종의 '되기 경험'을 통해 이루어진다. 사실 모든 예술 작업은 작품 또는 텍스트를 만든다는 점에서 일종의 글쓰기라고도 말할 수 있다. 따라서 모든 예술 작업에서 '되기'를 실행하는 감각은 매우 요긴하다. 들뢰즈는 다음과 같이 말하는 셈이다. 연극이나 영화의 연기자는 극중 인물이 되어야 한다. 그 성격과 감정까지 그대로 느끼는 그 사람 말이다. 화가는 그림에 담고자 하는 사물이 되어야 한다. 소설가는 화자가 되어야 하고, 시인과 사진작가는 작품 속에 나타나는 사물이 되어야 한다. 때로는 그 사물이 직접 말하게 해야 한다. 작곡가는 악기가 되어야 하고 음악 속의 사물들의 리듬이 되어야 한다. 곡을 연주하는 연주자 역시 마찬가지다. 음악이 되어야 하고, 노래 속의 화자나 사물이 되어야 한다. 자신의 몸과 정서와 온갖 감각까지 그렇게 변용하는 것이다.

문보영 시인의 시 〈막판이 된다는 것〉[23]을 읽으면 들뢰즈가 말하는 '마주침'과 '다른 것 되기'의 일면이 잘 드러난다. 시는 이렇게 시작한다.

"후박나무 가지의 이파리는 막판까지 매달린다. 그늘을 막다른 골목까지 끌고 갔다. 막판 직전까지. 그 직전의 직전까지. 밑천이 다 드러난 그늘을 보고서야 기어이"

그리고 이렇게 마무리된다.

"아무것도 붙잡을 수 없어서 손이 손바닥을 말아 쥐었다. 손을 꽉 쥐면 막판까지 끌고 갔던 것들이 떠오른다. 막판들이 닥지닥지 매달려 있다. 막판 뒤에 막판을 숨긴다."

시인은 후박나무 잎사귀가 되었다. 후박나무 그늘 가지 끝자락에 매달려 막판의 세계를 경험하는 긴장감이 시 속에 가득하다. 시인은 후박나무의 하얀 꽃이나 열매나 기름진 초록 잎사귀를 노래하지 않는다. 그저 막판이 된 잎새의 감각을 자신의 경험으로 생생하게 그려내고 있다. 그 막판의 긴장감은 절망 너머의 그 어딘가로 독자들을 함께 데려가는 듯 느껴진다. 이런 느낌과 감각은 시인이 후박나무 잎사귀가 되어(후박나무 잎사귀 – 되기) 작가가 자신이 아닌 그 무엇의 목소리로 말하고 있기 때문이다. 이렇게 글 쓰는 이가 다른 것이 '되어' 쓴 글을 읽으면 특이하고도 강렬한 어떤 울림이 일어난다.

들뢰즈는 '다른 것 되기'에서 '여자 – 되기', '동물 – 되기' 등과 같은 '마이너리티 – 되기'로 한걸음 더 나아간다. 그리고 마침내는 '지각 불가능한 것 – 되기'라는 말로 글쓰기의 궁극적 목적을 말한다. "아무에게도 알려지지 않은 것, 지각하기 불가능한 그 무엇, 미지의 그 무엇이 되는 일, 이것이 글쓰기의 궁극적인 목적이다."[24] 그 '지각 불가능한 것'이 무엇what인지 알고자 하는 것은 해답이 없는 일이다. 들뢰즈는 어떤 방향 내지 흐름만을 말할 뿐이기 때문이다. 그것은 형체도 없고, 존재한 적도 없고, 알 수도 없는 그 무엇이다. 그것은 오로지 끊임없는 '되기'의 실험을 통하여 직접 경험함으로써만 이루질 것이다.

들뢰즈가 '되기'라는 신조어를 통해 강조하는 바는 무언가를 흉내내거나 그럴싸하게 묘사하라는 것이 아니다. 자기 자신이 실제로 변이되고 변용되는 '되기'를 감행하라는 것이다. '되기'가 가리키고 웅변하는 바는 명확하다. 글쓰기 또는 예술이 추구하는 창조적 생성은 자신의 세계를 벗어나 미지의 어떤 것을 추구하고 조우하는 지점에서 일어난다는 점이다. 그것이 미시세계이든 정신세계이든, 식물이든 동물이든, 광물이든 곤충

이든, 체험소설이든 가상적 이야기든, 판타지이든 게임소설이
든, 과거 혹은 미래세계의 이야기이든 우리의 육안과 심미안으
로 감지할 수 없는 비가시적 세계에서조차 '되기'를 감행해야
할 영역은 무한히 열려 있다.

감각에 변이를 가하라

어떻게 '되기'를 실행할 것인가? '되기'란 그저 다른 사
물을 흉내내거나 겉모양을 모사模寫하는 일이 아니다. '되기'에
서 가장 중요한 요소는 '정동'情動, affect이다.[25] 정동은 내가 애써
만들어내는 것이 아니라 다른 것들과 접속하는 가운데서 자연
스럽게 일어난다. "정동은 사이in-between-mess의 한가운데서 발생
한다."[26] 따라서 정동은 나와 너(혹은 사물이나 현상)를 가로지르
는 에너지의 강도intensity에서, 그 주위나 사이를 순환하거나 혹
은 그것들에 달라붙어 있는 울림에서 발견된다.[27] 정동은 어떤
'사이–지점'과 '사이–시간'에서 벌어지는 일련의 감각의 유동
이라고 할 수 있다. 이처럼 정동은 감응을 통해 나에게 감각되고
나에게 영향을 미치는 그 무엇이다.

하지만 정동은 하나의 단어로 개념화하기 어렵다. 그저
호감 또는 비호감, 기운이나 기세, 통한다는 느낌이나 이상한 느

낌 등을 감지하는 방식으로 포착된다. 어떤 기분이나, 느낌이나, 기운처럼 분명히 감지는 되지만 딱히 한마디로 언어화하기 쉽지 않은 그런 상태로 말이다. 그래서 거기에는 모호하고 난처한 감각의 흐름과 예측할 수 없는 우연성이 가득하다. 밀물과 썰물처럼 오르내리기도 하고, 폭풍 속의 파도처럼 일렁이기도 하고, 고요히 밑바닥으로 가라앉기도 한다.[28]

이처럼 정동은 끊임없이 움직이고 이행하며, 항상 변이의 흐름을 조성하면서 스스로 변용된다. 그러한 정동에 민감하고 그 정동의 흐름을 따라 자신을 변형하는 것이 '되기'의 열쇠이다. 정동하고 정동되는 능력은 생각하기, 글쓰기, 읽기에서 필수적인 것이다.[29] 따라서 글을 쓰는 이는 나의 바깥에서 나에게 영향을 미치고, 나를 움직이는 어떤 느낌에 민감하여야 한다.

정동 감각을 지닌다는 것은 요즘 유행하는 감성적 접근과는 다르다. 감성적 접근법은 이렇게 외친다. 감각을 건드려라, 감동을 주어라, 감성을 기르라. 그 누가 감성이나 감동의 요소를 부정하겠는가? 하지만 이는 다른 사람을 움직이고 포획하기 위한 전략, 감정을 자극하는 쇼업show up 제스처, 설득을 위한 감성적 소통 기술을 말한다. 즉 사람들의 시선을 끌고 대중을 획득하기 위한 스킬로서의 감성 기법이다. '되기'를 실행하는 정동 감각은 감성적으로 터치하는 것과 전혀 다르다. 정동 감각은 독자의 마음을 얻으려는 기법이 아니다. 자기 자신이 마치 타자가 됨으로써 경험하는 그 무엇이다. 따라서 감수성이나 공감이라는 말과 닿아 있다.

'되기'에서 또 하나 중요한 것은 '신체의 변용'이다. 나의 신체의 리듬을 바꾸고 감각에 변이를 가하는 것이다. '되기'란 다름 아닌 자신의 신체에 운동과 멈춤, 빠름과 느림, 속도와 강도 등의 변환을 만드는 것이다.[30] 다시 말해 나의 신체 즉 존재 전체가 다른 사물로 변용되는 경험이다. 특히 글쓰기에서 이러한 변용은 매우 유용하다. 때로는 작가가 돌이 될 수도 있고, 새가 될 수도 있으며, 하늘의 별이 될 수도 있다. 때로는 돌의 신체가 되어 느끼고, 돌의 마음으로 돌의 말을 하게 된다. 새의 날갯짓과 새의 눈을 직접 경험하게 되는 것이다. 달의 밝은 표면만이 아니라 달의 이면이 될 수도 있다. 블랙홀이 될 수도 있고 전자와 원자도 될 수 있다. 흐르는 물, 안개, 담쟁이, 소수자, 철조망도 될 수 있다. 그것이 '되어' 경험하는 그 무엇을 그들의 일인칭 화법으로 말하는 것이다. 그 사물들을 대상화하여 묘사하는 것이 아니라, 그 사물이 된 내가 말하는 것이다. 그것(그, 그녀)이 되어 변용된 신체의 감각으로 말하는 것이다.

특히 자신의 신체를 다르게 변용하려는 의지를 지녀야 한다. 이진경은 "하나의 신체에서 다른 신체로 변용되기 위해선, 그렇게 변용하려는 의지가 있어야 하고, 또 그에 필요한 강밀도의 변화가 수반되어야" 한다고 역설한다.[31] 되기를 실행하려는 의지가 강렬할 때 '나'라는 자아는 사라지고, 마치 형상이 없는 오믈렛이나 용광로 속의 금속 액체처럼 되어 새로운 신체로 변신하는 상태가 된다. 그 강렬도가 가장 충만한 지점에서 어느덧 나의 신체 감각과 마음과 정서는 온통 '되기'에 집중하며 변용을 경험한다. 마침내 그 사물이 '되어' 움직이고 느끼고 사유한다. 그것은 '의지의 힘' 혹은 '집중력'에 달려있다. 정교한 상상력으로 이것을 실행할 수도 있고, 명상적인 방식으로 다가갈 수도 있을 것이다. 그 현장에서 그 사물과 직접 교우하면서 느낄 수도 있고, 깊은 동일시 감각으로도 경험할 수도 있다. 자기 방식으로 스스로 터득하는 길밖에 없다.

되기는 글을 바꾸고 새롭게 한다. 때로는 삶을 다르게 경험하게 하기도 한다. 살아가는 방식과 사물을 보는 시선, 그리고 사람을 대하는 방식에도 엄청난 변화를 주기도 한다. 내가 아닌 것 되기, 그러한 되기를 할 수 있는 미규정의 나를 발견하는 일은 경이로운 일이 아니겠는가! 자신의 신체 감각을 변이하여 그 경험을 섬세한 필치로 그려내어 독자들과 함께 새로운 정동을 일렁이게 하는 의지와 감각, 이것이 작가의 비작가 – 되기의 에토스이다.

삶의 판을 수평적으로 펼쳐라

창조성에 대한 흔한 오해가 하나 있다. 바로 창조란 무無에서 유有를 만들어내는 것이라는, 이제까지와는 완전히 다른 100퍼센트 창작물이어야 한다는 생각이다. 하지만 이는 '창조'에 대한 그릇된 신화이다.

제주도 해변의 한 카페에서 출판평론가 한기호 소장과 대화를 나눌 기회가 있었다. 그는 줄곧 기존 문단과 출판계의 흐름과는 다른 흐름을 만드는 '창조성'과 '창조적 발상'에 대해 역설하였다. 나는 그에게 질문을 던졌다. "그럼 창조성은 어떻게 생겨납니까?" 그는 대답은 단순하고 명료했다. "함께 책을 읽고 토론할 때 생겨나지요." 그 이야기를 듣는 순간, 탄성이 절로 나왔다. 그 대답이 생성과 창조에 대한 들뢰즈 사상의 고갱이와 정확히 일치했기 때문이다.

경험을 통하여 알다시피, 책이나 영화나 어떤 자료를 읽고 함께 토론할 때 대화의 어떤 지점에서 불현듯 새로운 아이디어나 콘텐츠가 생산된다. 토론이라는 만남의 '배치'를 통해 창조가 일어난 것이다. 어떤 조직이나 팀에서 회의를 통해 다양한 생각들을 모으는 과정에서 창조적인 해법solution이나 뜻밖의 아이디어가 생겨나는 것도 똑같은 이치이다. 아이디어에는 두 가지가 있다. 머릿속에 있는 아이디어와 머리 밖에 있는 아이디어가 그것이다. 우리는 대개 머릿속에서 떠오르는 아이디어는 자신의 고유한 것이라고 생각하고, 다른 아이디어는 자신의 바깥 어디에서 발견하거나 차용하는 것이라고 생각하는데 실은 그렇지 않다. 오히려 밖에 있는 것들이 머리를 연 것이라고 할 수 있다. 게다가 자기 안의 아이디어들도 그간 자신이 줄곧 접촉하고 연결되어 채취한 것들을 통해 축적된 것들이다.

　　이처럼 다른 사물들과의 연결되는 배치를 통해 새로움의 차원이 생겨나고 창조와 생성이 일어난다. 나와 다른 공간들과 문화들, 이질적인 사유, 내가 경험해보지 못했던 경험, 내가 접하지 않은 영역의 콘텐츠들은 '내'가 접속하여야 할 것들이다. 이 새로운 만남에서 새로운 것이 생성된다. 나의 사유에도 새로움의 요소가 깃들고, 나의 글쓰기와 언어에도 변화가 일어나며, 아이디어와 감각이 다르게 변형된다. 내 스타일과 리듬에 변이가 시작된다. 나는 '다른 나'로, 너 역시 '다른 너'로 변화된다. 이것이 새로운 것의 생성이라는 창조의 공식이다.

　　들뢰즈는 글쓰기에는 작가가 글을 갖지 못한 사람들과 함께 서로를 탈영토화 속으로 끌어들이는 '우연한 마주침'이 있다고 말한다.[32] 우연한 마주침, 여기에서 기적이 일어난다. 서로를 탈영토화시키고 변형하게 하는 일이 바로 기적이다. 창조, 변형, 마음의 통합, 융복합, 새로움의 요소, 자기 변신 등은 모두 '마주침'을 통해 일어난다. 그런데 우리는 대단한 자연현상이나 위대하고 숭고한 그 무엇과 마주쳐야 좋은 글이 나올 것이라고 상상한다. 하지만 전혀 그렇지 않다. 정말 변변치 않은 것, 소소한 것, 스쳐지나는 것. 누군가의 목소리, 새싹, 나뭇잎 하나, 망치질 소리, 시 한 편, 강의, 단어 하나, 음악의 선율, 그림, 폐기물, 거미줄, 누군가의 웃음, 미소나 눈빛, 몸짓, 산과 바다와 하늘과 별빛과 바람의 흐름, 영상 한 컷cut, 낯선 타자, 정보 등등 모든 것이 마주침을 통해 생성을 일으키는 것들이 될 수 있다. 그런 것들과 마주칠 때 예술이 시작되고 글이 솟구치고 마음이 요동쳐 무언가가 일어난다.

그 무엇보다 다양한 사람과 만나는 일은 최고의 마주침이다. 그 만남의 경험과 대화 안에서 서로의 사유를 교류하고 감정적으로 상호 전이되면서 활발한 상호 채취가 일어난다. 책, 영화, 예술 작품 등도 마찬가지다. 모든 것들이 텍스트이다. 다른 이의 글만이 아니라 사회적 현상 등도 내가 접속하는 텍스트가 된다. 이들 텍스트와 접속할 때 거기서 예기치 않은 방식으로 창조적인 그 무엇이 솟구친다.

이러한 만남은 삶이라는 판, 즉 펼쳐진 평면에서 이루어진다. 있는 그대로의 삶이 고스란히 펼쳐진 자연의 상태에서 수평적으로 만나는 진정한 마주침이 가능하다. 자신의 삶과 사유 방식이 굳어지면 열린 만남을 이룰 수가 없으며, 더 이상 새로운 것이 솟구쳐 나올 수가 없다. 온갖 위계질서와 의미 체계로 가득한 수직적인 평면에서는 언제나 재현再現과 모상模像의 반복만이 진행되기 때문이다.³³ 따라서 타자의 차이를 인정하는 마음, 나 자신을 차이 나는 새로운 나로 만들고자 하는 열린 마음이 필요하다. 이를 위해서는 닫힌 마인드, 속박하는 스타일, 질서와 체계 속에 모든 것을 흡입하려는 마인드를 내버리고 모든 관계를 평평하게 만들어야 한다.

"삶이라는 판, 음악이라는 판, 글쓰기라는 판"³⁴ 역시 마찬가지다. 내 삶의 모든 판은 수평적으로 고르게 하고 자유로운 만남을 가질 때 그 속에서 의도하지도 예측하지도 않았던 새로운 것이 생성된다. 부지런히 상상력의 실을 뽑아 열심히 그물을 짠다고 해서 저절로 물고기가 잡히지는 않는다. 자신의 삶의 판을 새롭게 형성하여 타자와의 연결 접속의 망을 펼쳐갈 때 그 안에서 불현듯 푸른 물고기가 튀어나오는 것이다. 들뢰즈는 말한다.

"글을 써라, 리좀Rhyzome을 형성하라, 탈영토화를 통해 너의 영토를 넓히라."³⁵

실로 글쓰기의 창조적인 힘은 수평적 평면이라는 삶의 백지 위에서 전개된다. 창조가 일어나는 공식은 단순하다. 창조적 생성은 나我 - 텍스트와 다른他 - 텍스트들이 연결되고 접속하는 맥락context에서 일어난다. 차이 나는 것들의 '사이'에서 생성의 마그마가 일렁이고 창조의 번개가 번뜩인다. 좋은 글을 쓰는 이는 그러한 만남의 사이 – 지점에서 일어나는 어떤 힘과 감각에 민감할 뿐이다.

글쓰기의 유일한 목적은
삶입니다.
글쓰기가 이끌어내는
조합들을 통해 삶을
유일한 목적으로 삼는 것이죠.

7장

문지기로 남으라

데리다와 함께 떠나는 글쓰기의 모험

자크 데리다 Jacques Derrida, 1930~2004

데리다만큼 글쓰기와 텍스트에 대해 많이 다룬 이도 없을 것이다. 그런데 누구든 그의 글을 읽으면 난해함을 넘어 얼어붙는 느낌마저 든다. 하지만 그를 포기하거나 신비화할 필요는 없다. 데리다가 구사하는 언어 게임의 스타일이 사뭇 다를 뿐이다. 그의 텍스트를 해석하고 분석하려 하면 미로 속을 헤매기 십상이다. 데리다는 이야기하듯이 강연을 했고, 은유를 즐겨 사용했다. 그가 구사하는 은유를 친숙하게 대하면 의외로 편안하게 그를 만날 수 있다.

"데리다의 기획은 변형하는 것 즉 언어에 어떤 일이 일어나게 만드는 일이었다. 다르게 보게 만들고, 의미 너머의 것을 경험하고, 언어를 바꿈으로써 언어 이상의 것을 발견하게 되고, 글을 쓰고 싶다는 혁명적 열정이 솟구치는 일이 바로 그것이다."[1]

오늘날은 이른바 '해체의 시대'이다. '탈'脫, '비'非, '초'超, '반'反 등의 접두어는 조금도 낯설지 않은 언어가 되었으며, 탈근대, 탈권위, 탈중심의 흐름은 이미 뚜렷한 시대적 사조가 되었다. 이와 더불어 우리의 의식과 삶의 방식도 그간 익숙했던 것과 결별하고 새로운 흐름으로 나아가고 있다. 이러한 해체의 가시적 흐름은 특히 예술과 문학의 영역에서 도드라지게 나타나고 있다. 뿐만 아니라 문화와 비즈니스 분야에도 급속이 확산되고 있다. 해체주의 예술, 해체주의 미술, 해체주의 음악, 해체주의 문학, 해체시詩, 장르 해체, 해체주의 건축, 해체주의 패션, 해체주의 광고 등 해체성의 춤판과 춤사위들은 예술적 창조와 혁신의 리듬을 타고 넘실대고 있다. 이러한 해체적 바람의 중심에 자크 데리다Jacques Derrida가 있다. 그는 들뢰즈와 함께 니체의 계보를 잇는 탈근대적 사유의 전위라고 할 수 있다. 그의 해체 작업은 '철학' 그 자체에 대한 것이었다. 그의 관점에 따르면 철학이란 단지 텍스트일 뿐이다. 그러나 그의 작업은 철학 텍스트만이 아니라 글쓰기를 통해 만들어진 모든 텍스트에 대한 해체이기도 했다. 그의 래디컬한 사유와 해체 작업은 오늘 우리의 사유와 모든 글쓰기 작업에도 근원적인 파장을 던지고 있다.

글 속으로 들어가 읽기

데리다의 작업은 그의 특이한 텍스트 읽기 방식으로 이루어진다. 그는 어떤 문제나 담론보다는 '텍스트'[2]에 초점을 두었다. 그는 실로 다양한 텍스트들을 읽고 글을 썼다. 앞서 소개한 철학자들처럼 데리다는 텍스트를 읽으면서 글을 썼고, 그의 쓰기 과정은 곧 읽기 작업이기도 했다. 그는 철학자들의 글만이 아니라 수많은 문학 작가들의 글을 직접 다루었다. 그래서 그의 작업을 비평으로 이해하는 이들도 있다. 하지만 그의 글들은 단지 비평이라고만 부를 수 없는 미묘한 결을 지니고 있다. 게다가 그 방법론 또한 사뭇 다르다. 문학 텍스트에 대한 데리다의 글쓰기는 그 어떠한 관습적인 의미에서의 논평이나 비평, 또는 해석이 아니다.[3] 데리다는 외부에서 텍스트를 분석하고 비판하는 방식을 취하지 않고, 철저하게 그 텍스트 안의 흐름을 따라 읽어나가는 방식을 취한다. 그리고 어느 순간 그 텍스트가 지닌 어떤 결절점 혹은 모순을 드러내는 작업을 수행한다. 이는 텍스트 자체가 지닌 어떤 증상을 짚어내는 방식으로, 그 텍스트를 새롭게 보여주는 방식이다. 니콜라스 로일Nicholas Royle과 행한 대담에서 데리다는 자신의 방법에 대해 친절하게 말한 바 있다.

"프로이트나 다른 많은 이들을 읽을 때 그들을 배반하지 않으려 노력합니다. 그들이 의미하는 것을 이해하려고 노력하며, 그들이 쓴 것을 마땅히 대우하고 또 어느 지점까지는 그들을 가능하면 멀리까지 가능하면 자세히 따라가려고 노력합니다. '어느 지점까지'라고 말한 것은 내가 그들을 배반하는 순간이 존재한다는 것을 뜻합니다. 그들을 쫓아가는 경험 내부에서 뭔가 상이한 것, 뭔가 새로운 것, 뭔가 다른 것이 생겨나고 나는 그것을 표시합니다."[4]

데리다가 쓴《환대에 대하여》에 그의 텍스트 읽기 방식을 잘 드러내는 대목이 있다. 데리다는 임마누엘 레비나스Emmanuel Levinas가 말하는 '절대적 환대'에 대해 다루며 구약성서의 환대 이야기들을 예로 든다. 그것은 창세기에 기록된 아브라

함의 조카 '롯'에 관한 이야기이다. 롯은 손님들(천사들)이 성으로 찾아오자 자기 집으로 들여 환대한다. 하지만 성 안의 사람들이 그 손님들을 내놓으라고 거세게 요구한다. 롯은 손님들을 보호하기 위해 자기 딸들을 대신 내어주겠다고 제안을 한다. 롯은 손님들을 환대하기 위해 자신의 딸들을 성폭력의 희생물로 삼고자 한 것이다. 데리다는 이 지점을 콕 짚어 드러낸다. 데리다가 들추고자 하는 바는 '환대의 이름으로' 혹은 '다른 사람을 환대하기 위해' 자기 집안의 여자, 아니 자기 딸을 물건처럼 내어주는 전통적 환대 방식의 후예가 되지 말라는 것이다. 데리다는 롯의 환대의 비틀어진 한 측면을 들추어내면서 "환대란 무엇인가?"에 대해 사유하도록 안내하고 있다. 나아가 환대라는 말 속에는 이미 '주인'과 '이방인'이라는 우월과 우위 개념이 깃들어 있으며, 여성을 배제하는 모순을 내포하고 있었다는 점을 여지없이 드러낸다. "그것은 혼인적 모델, 부성적 모델, 남성 중심주의적 모델이다. 환대의 법들을 만드는 것은 가정의 폭군, 아버지, 남편, 그리고 어른인 집주인이다."[5] 즉 기존의 환대 개념의 해체를 시도하며 진정한 환대가 무엇인가에 대해 사유하게 하고 있다. 이것이 데리다식 읽기 방법이다.

대부분의 사람들은 정형화된 책 읽기의 도식을 사용하여 그 책의 핵심 주제나 사상을 파악하고 낱말들을 해석하려 한다. 즉 텍스트 안에 내장되어 있다고 간주되는 '의미'를 파악하기 위해 애쓴다. 이와 달리 데리다식 읽기는 내재적 방식으로 이루어진다. 텍스트 안으로 들어가 함께 흘러간다. 그 과정에서 텍스트 안에 감추어진 은밀한 모순과 균열과 어긋남을 드러낸다. 이를 '해체'déconstruction 혹은 '탈구축'脫構築이라고 한다.[6] 이는 텍스트가 자신을 새롭게 드러내도록 하는 일이기도 하다. 저자 자신조차 알지 못했던 바를 드러내어 말하게 하기도 한다. 그래서 반복하여 읽을 때마다 텍스트는 다른 방식으로 자신을 나타낸다. 따라서 해체적 읽기에서는 매번 다른 의미가 발견되고, 읽을 때마다 차이 나는 의미들이 생겨난다.

얼핏 보면 데리다는 텍스트 비판만 하는 듯이 보이지만 전혀 그렇지 않다. 그는 이렇게 말한다. "나는 나름대로 내가 해체하는 모든 것을 매우 좋아한다. 해체적 관점에서 읽고 싶은 텍스트는, 읽기에 필수불가결한 동일시의 충동을 유발하는, 내가 좋아하는 텍스트이다."[7] 그는 텍스트를 존중하고 사랑한다. 그리고 텍스트의 모든 것을 드러내고, 그 텍스트를 새롭게 만든다. 데리다는 텍스트를 죽이지 않는다. 글 속에 들어가 함께 손잡고 나온다. 그 결과 텍스트는 새롭고 낯선 '현전'을 드러내고 오히려 새로운 텍스트로 거듭난다. 이러한 맥락에서 니콜러스 로일은 데리다를 '매우 날카롭고 세심한 독자이자 멋진 텍스트 해설가'라고 평가한다.[8] 따라서 데리다의 접근법은 텍스트와 저자의 고유성과 가치를 존중하는 새로운 감각을 우리에게 보여주고

있다.[9] 해체는 반응적으로 투쟁하거나 일방적으로 비판하는 일
이 결코 아니다.

해체는 텍스트를 아름답고 풍성하게 만든다. 텍스트의
장강長江을 따라 흘러가다가 다른 물줄기로 나아가기도 하고 스
스로 폭포가 되어 수천만 개의 물방울로 흩어지기도 한다. 해체
의 풍경은 그러하다. 이처럼 데리다의 읽기 방식은 우리에게 텍
스트를 접하는 새로운 감각을 일깨운다. 텍스트 바깥에서 텍스트
를 훑어보고 평가하는 태도가 아니라 텍스트 안으로 깊이 들어
가는 태도, 텍스트를 진심으로 사랑하고 존중하는 마음, 나아가
텍스트와 함께 흘러가며 텍스트를 깊이 경험하도록 도전한다.

텍스트는 열려 있는 게스트하우스

데리다의 해체는 오랫동안 고착된 텍스트와 관련한 질
서를 겨냥한다. 그 질서는 이른바 문자文字 기록에 기반한 문명文
明의 질서이다. 지난 수천 년간 인류의 모든 질서를 형성한 근본
적 힘은 다름 아닌 문자와 그 기록에서 비롯된 책이었다. 인류의
문명이란 다름 아닌 '책 문명'이었다.

데리다는 《그라마톨로지》에서 '책의 죽음'을 선언한
다.[10] 그는 서구 사회에서 책과 책 문명은 '로고스 중심주의'

에 기반하고 있다고 보았다. 로고스 중심주의는 로고스Logos 즉 '말'(음성)을 '글'보다 근원적인 것으로 본다. "태초에 로고스(말씀, 신의 음성)가 존재하였다"는 성서의 기록이 대표적이다. 이러한 음성 중심의 체계에서는 글쓰기란 주체의 음성을 재현再現하는 일이다. 쓰기 활동은 글 쓰는 이의 목소리를 그대로 재현하는 일이 되고, 문자는 단지 음성을 기록하고 표현하는 수단으로 기능한다. 따라서 쓰기 작업과 기술은 어떤 목소리와 사유의 간접적인 재현에 불과하게 된다.[11]

　　풀어서 설명하자면 글이란 자기의 목소리를 대체하기 위해서 사용되고 첨가되는 그 무엇일 뿐이다. 이러한 관점에 따르면 진리와 의미는 음성 언어로 들려지고 전달된다고 본다. 그래서 경전은 신의 음성을 담고, 법은 왕 또는 국민의 목소리를 담으며, 작품은 작가의 목소리를 담았다고 간주하였다. 그리고 좋은 '쓰기'는 그 음성을 재현하여 독자의 정신에 새기는 것을 뜻하였다. 그런데 데리다는 바로 이 공식을 찢어버린다. 데리다의 작업은 이러한 '언어'를 둘러싼 근원적 구조에 대한 가차없는 비틀기였다.

　　데리다가 주장하는 바는 명확하다. 글쓰기 즉 '에크리튀르'ecriture[12]는 재현하는 작업이 아니라는 것이다. 글쓰기는 자신을 내보이는 것도, 자신의 목소리를 담는 작업도 아니다. 데리다에 따르면 글 속에 글 쓰는 사람의 사유나 의도를 그대로 담을 수도 전달할 수도 없다. 집필 작업을 통해 만들어진 작품조차 전적으로 작가가 지은 것이라고 할 수 없다. 글쓰기란 이미 만들어져 있고 다양하게 흩어져 있는 요소들과 도구들을 잇고 편집하며 재사용하는 행위이기 때문이다. 책에 담긴 글은 작가의 작업을 통해 만들어졌지만, 그러한 에크리튀르의 스타일은 이미 작가 고유의 것이 아니다.[13] 즉 글 쓰는 이는 이미 현존하는 언어와 장르와 담론과 문화 등의 영향을 받지 않을 수 없다. 그러므로 텍스트는 사실상 작가 혼자서 이루어낸 작업의 결과물이라고 할 수 없다. 따라서 그 어떠한 작품도 작가만의 고유한 것이 되지 못한다. 결국 이 텍스트가 자기 자신의 것이요 자기 자신이 만들어낸 순수한 창조물이라는 생각은 사실상 허구가 된다.

데리다는 '글을 쓰는 것이란 물러나는 것'이라고 말하면서 '작가의 부재'를 강조한다.[14] '작가의 부재'란 텍스트를 쓰는 사람이 없다는 의미가 아니라 '작가의 사라짐'을 뜻한다.

"글을 쓰기 위해 자신의 천막으로부터가 아니라, 자신의 글쓰기 자체로부터 물러나는 것이다. 자신의 언어로부터 멀리 좌초하는 것이요, 언어를 해방시키는 것이거나 혹은 언어가 가진 것을 빼앗는 것이요, 언어로 하여금 홀로 맨손으로 글을 떠나게 하는 것이다. 말parole에 자유를 주는 것이다."[15]

따라서 데리다는 자기 자신에게 귀착하는 글쓰기를 벗어날 것을 강조한다.

"자신에게 귀착하는 글쓰기는 경멸의 표현일 뿐이다. 글쓰기가 무한한 헤어짐의 고백 속에서 타자를 향해 가는 자기의 찢김이 아닐 때, 글쓰기가 자기의 환희이고 글쓰기를 위한 글쓰기의 쾌락이며 예술가의 만족일 때, 글쓰기는 스스로를 파괴한다."[16]

그런 까닭에 그는 글쓰기를 이별의 작업이라고 말한다. 이처럼 그는 작가가 작품을 생산하고 영원히 소유한다는 고전적인 통념을 분쇄해버린다. 데리다에 따르면 작품은 결코 작가의 분신이 아니다. 글쓰기는 자기 부정이자 자기 자신으로부터의 이별이며, '타자를 향해 가는 찢김'이다. 나아가 데리다는 자신이 쓴 글과 작품 안에 정주하지 말라고 말한다.

"아마 글쓰기의 끝이 글쓰기를 넘어서는 것과 마찬가지로, 글쓰기의 기원은 아직 책 속에 있는지도 모른다. 책의 건축자요, 파수꾼으로서 작가는, 집 입구에 자리잡고 있다. 작가는 통과시키는 자이고, 그의 운명은 **언제나 문지기를 뜻한다**.(강조는 저자 의역)
······ 너의 정체는 무엇인가? ······ 집 지키는 자
······ 너는 책 속에 있느냐? ······ 내 자리는 문 앞이다."[17]

데리다에게 있어 글쓴이가 있어야 할 곳은 글의 바깥이다. 그곳은 일종의 경계 지점이다. 작가는 텍스트를 건축하고 파수꾼이 되어 그 텍스트를 지키지만 그는 주인이 아니다. 작가는 그저 문지기로 남는다. 작가는 텍스트 안에 머물지 못하며 그 안에 자신의 영원한 공간을 구축하지 못한다. 그렇다면 텍스트의 주인은 누구일까? 데리다식으로 말하자면 텍스트의 영원한 주인은 없다. 문지기를 통하여 방문하는 손님들이 있을 뿐이다. 텍스트는 모든 방문객에게 열려 있는 게스트하우스인 셈이다.

텍스트, 수신인에게 전달되지 못하는 편지

우리는 작가 혹은 저자가 책을 쓰는 주체라고 생각한다. 그리고 자신이 쓴 글을 통해 독자와 만나고 대화한다고 믿는다. 이러한 전제에서 작가 혹은 저자는 '쓰기 – 주체'이고, 독자는 '독해 – 주체'가 된다. 독자 역시 저자는 어떤 의도를 지니고 주제를 선택하여 텍스트를 썼다고 보고, 저자가 설정한 어떤 중심적인 주제를 겨냥하고 그 의도를 파악하면서 텍스트를 읽는다. 즉 책 읽기란 저자의 의도와 메시지를 발견하는 작업이라고 생각한다. 이러한 틀에서는 읽기란 곧 해석 작업이 된다. 그러나 데리다는 이러한 해석학적 구도를 폐기한다. 왜냐하면 텍스트

속에는 저자의 의도나 중심 사상이라는 것이 존재하지 않을뿐더러, 설사 존재하더라도 그것이 독자에게 제대로 전달되지 않는다고 보았기 때문이다.

데리다에 따르면 글쓰기는 우편망을 통해 메시지를 보내는 활동과 같은 것이다. '우편망'은 텍스트를 마치 우편제도를 통해 편지를 전달하는 것에 비유한 은유이다. 한 사람이 다른 사람에게 글을 써서 보내거나 작가가 작품이나 책을 펴내 독자에게 무언가를 전달하고자 할 때 마치 배달 사고와 같은 현상이 일어난다는 것이다. 데리다에 따르면 이러한 배달 사고는 드물거나 우발적인 것이 아니다. 배달 사고의 잠재성은 모든 텍스트에 내재된 필연적인 운명이다. 즉 텍스트는 수신인에게 전달되지 못하는 우편물과도 같다. 데리다는 다음과 같이 말한다.

"편지가 그것의 목적지에 닿지 못한다는 사실이 아니라 언제든 도착할 수 없음이 편지의 구조에 속한다."[18]

데리다가 주목하는 것은 모든 문자 기록이 바로 이 우편망과 같은 언어의 구조를 지니고 있다는 것이다. 사실 우리가 던지는 말과 의미 전달 사이에는 메울 수 없는 간극이 있다. 의미를 그대로 전달하기란 거의 불가능하다. 이것이 데리다가 말하고자 하는 핵심이다. 언어의 구조 자체가 우편제도와 같은 오류성을 안고 있다. 언어는 종종, 아니 운명적으로 배달 사고를 일으킨다. 그래서 우리는 내가 말하는 것들이 다른 것들을 의미하게 되거나, 혹은 아무것도 의미하지 않거나, 나아가 전혀 다르게 해석될 가능성을 열어두고서 말한다. 이는 언어 혹은 텍스트 자체가 지니는 근원적인 한계 때문이다. 우리는 마치 편지가 그 목적지에 도달하거나 내 음성의 전달이 '가능한' 듯이 살고 있고, 그러한 확신 가운데 글을 쓰고 있을 뿐이다.[19]

데리다의 '편지 비유'를 하나하나 해석하려 할 필요는 없다. 그러면 편지는 '무엇'을 지칭하고, 편지 쓰기란 무엇을 '의미'하고, '우편제도'란 무엇인가를 추적하는 오류에 빠지게 된다. 우편은 편지 말미에 발신인의 고유한 서명을 기록하고, 발송지를 기록하여 특정한 수취인에게 보내는 제도이자 경로이다. 언어의 구조가 그와 같다는 것이다. 그래서 언어를 사용한 소통에는 근원적인 사고가 발생한다는 것이다. 데리다의 비유가 겨냥하는 것은 그저 편지에는 어떤 메시지도 제대로 담을 수도 없고, 그것이 제대로 전달될 수도 없다는 것이다.

글을 쓰는 사람이라면 궁극적인 질문을 안고 있다. 일상적인 의사소통에서도 똑같은 의문을 품는다. "내가 쓰는 글(말)이 제대로 전달될까?", "내가 보낸 편지가 잘 도착했을까?" 말을 할 때마다 글을 쓸 때마다 우리는 질문하게 된다. 모든 메시지, 모든 글, 작품은 다 우편적이다. 주소를 기입하고 수취인을 명시해도 편지 속에 담긴 그것이 잘 도달했는지 알 수가 없다. 더구나 반송조차 되지 않는다. 그렇다면 글쓰기는 허공에다 편지를 보내는 것에 불과한 것일까. 그렇지 않다. 전달 여부를 알 수 없는 편지 작업 그 자체에 무언가 숭고하고 내밀한 일, 즉 전달 불가능성을 넘어서는 어떤 의미 생성의 가능성이 그 사이에서 일어난다. 그 사이 – 공간, 사이 – 시간 어딘가에서 주인 없는 편지를 읽고 무언가를 감지하는 수취인을 둘러싼 모호한 울림과 자취가 남는다.

모든 것은 자신의 흔적을 남긴다. 글 역시 흔적을 남긴다. 데리다가 말하는 '우편'이란 일종의 흔적이 남아 있는 길과도 같다. 그 길에는 어떤 '흔적'으로 새겨진 의미들이 산재한다.[20] 즉 의미는 명료하게 드러나지 않지만 무언가 '의미하는 바의 흔적들'이 남는다는 것이다. 모든 낱말과 개념과 글은 이러한 흔적들의 연쇄로 이루어지는 현상일 뿐이다. 이 흔적은 결코 의미가 되지 않을 것이고, 해석할 수도 없으며, 개념화할 수도 없다. 하지만 이 흔적은 공허하거나 허무한 것이 아니다. 데리다는 이러한 흔적에 주목한다. 이 흔적은 그 길 위에 남겨진 '발걸음의 리듬'과도 같다. 이러한 흔적과 리듬에 주목한다면 편지 보내기는 소중하고도 아름답다.

데리다의 이러한 해체적 언급들을 표피적으로 읽으면 자칫 절망하기 십상이다. 글쓰기가 결국 전달되지도 못할 편지를 쓰는 행위라면, 글쓰기란 부질없는 일일 터이니 말이다. 하지만 '우편'의 은유가 남기는 흔적을 차분히 더듬으면, 우리는 그 속에서 좀 더 자유롭게 글을 쓸 수 있는 힘을 얻게 된다. 다시 말해 글을 통해 어떤 '의미'나 '사상'을 전달하려 하기보다 그냥 흔적을 남기는 가벼운 마음으로 글을 쓸 수 있다. 게다가 독자가 작품의 주인이라는 사실을 인정하고 그냥 문지기로 남기로 마음먹으면 무척 마음이 편해진다.

　　데리다는 우편제도의 궁극적 한계가 있지만 다른 종류의 우편이 있다고 말한다. 그것은 '자유로운 우편'이다.[21] 그는 이 자유로운 우편이 어떠한 방식의 우편인지에 대해서는 아무런 설명을 하지 않는다. 다만 언어를 둘러싼 법칙들이 그저 규범적인 협약에 불과하다는 것을 인식할 때 무언가 새로운 가능성이 열릴 것을 암시할 뿐이다.[22] 데리다가 말하는 '자유로운 우편'는 아마 '은유'metaphor와 관련이 있는 듯하다. 언어는 규칙과 구조에 의존하지만, 은유는 현상을 일으킨다. 은유에 주목하면 의미와 범주를 명료하게 규정하는 개념어보다는 표현언어를 주로 사용하게 된다. 정확하게 의미를 전달하고자 하는 부담에서 벗어나 표현언어를 사용하면 글을 쓰는 행위가 좀 더 자유로워지게 된다. 의미 전달에 대한 강박과 멍에서 놓여날 수 있기 때문이다. 무언가 의미를 전달하려 하면 우리는 실패할 수밖에 없다. 그저 내가 쓰는 글을 둘러싼 공간에 울림이 울려 퍼지게 하면 충분하다. 그러한 흔적 남기기를 실패라고 보아도 좋다. 우리는 언제나 실패하기 위하여 쓰기 때문이다.

글쓰기와 유령의 출몰

데리다는 자신의 글쓰기를 일종의 '유령을 출현시키는 작업'으로 비유하기도 하였다. 글쓰기를 통해 일어나는 현상들은 일종의 유령 현상이요, 글쓰기가 만들어내는 텍스트 역시 일종의 유령이라는 것이다. 그는 《마르크스의 유령들》이란 책에서 '유령'이란 말을 사용하면서 마르크스주의 담론을 다루었다. "하나의 유령이 유럽을 배회하고 있다"는 마르크스의 유명한 선언에 착안하여, 그의 텍스트들과 이후 마르크스주의를 둘러싸고 전개되는 현상을 유령적 현상이라고 비유하였다. 흥미롭게도 데리다는 '유령'이란 말로 마르크스주의를 부정하기보다 오히려 정반대로 그 유령의 생생하고도 현전하는 힘의 흐름을 강조한다. '유령'을 패러디로 사용한 것이 아니라 해체적으로 수용한 것이다. 유령은 허구나 허상이 아니라 현전하는 기이하고도 생생한 힘이다. 여기서 그 유명한 유령론이 등장하였다.

데리다는 이를 모든 담론들과 문학에도 연결시킨다. 소설 텍스트 안에, 소설과 현실의 삶 사이, 시와 시인 사이, 시와 시를 읽는 독자 사이에 온갖 기이하고 기묘한 것들이 있다. 그 경계에서 대면하는 기묘함과 낯선 경험을 유령과의 조우라고 비유하는 셈이다. 데리다는 말한다. "유령은 현존하지도 부재하지도 않으며 살아있지도 죽어있지도 않고 (분노와 마찬가지로) 도처에 있습니다"[23]라고. 나아가 데리다는 자신이 쓴 텍스트조차 유령과 연결 지어 설명한다.

> "제가 쓴 모든 글들은 간접적으로 기이함과 연관됩니다. 특히 유령성, 혹은 유령의 문제와 관련해서는요. 내 텍스트의 도처에, 모든 곳에 유령들이 존재합니다."[24]

도대체 데리다는 유령이라는 비유를 통해 무엇을 말하려는 것일까? 유령을 좋아하거나 그 단어에 호감을 가지는 이가 얼마나 될까? 유령이란 존재하지 않으면서도 존재하는 듯이 작동하는 비가시적인 그 무엇이다. 유령은 현전하지도 않고 부재하지도 않는다. 현전과 부재의 경계에 있는 울타리 그 어딘가에서 유령은 출몰한다. 이처럼 유령은 어떤 실체가 아닌 심리적·정신적 현상이자 '불가능한 것의 경험'이기도 하다. 그 어디에도 속하지 않고 작동하는 기묘한 힘의 출현, 그 힘들의 무정부 상태와 같은 것이다.

데리다가 말하는 '유령'은 칸트가 말하는 '숭고', 벤야민이 말하는 '아우라', 라캉이 말하는 '실재', 들뢰즈가 말하는 '정동'affect과 유사한 것이라고 볼 수 있다. 이들 개념은 어떤 감각의 현상과 움직임을 가리키는 용어들이다. 나의 바깥에서 나에게 영향을 미치고 나의 신체와 감각과 인식에 작용하는 어떤 힘의 흐름, 느낌, 정서, 흔적, 공명 등과 유사하다. 여기서는 자유로운 에너지의 흐름처럼 힘의 무중력 상태가 펼쳐지고 우리의 감각은 이와 조우하여 무언가를 느끼고 인식하게 된다. 보이지도 않고 붙잡을 수도 없지만, 출몰한 그 무엇과 조우하여 이전과는 다른 경험을 하게 되는 것이다.

데리다의 유령론이 말하고자 하는 바는 한마디로 그간 우리가 '존재'라고 부르는 것, 내가 '실체'라고 믿어왔던 것들이 '허상'이요 '허깨비'라는 것이다. 내가 '텍스트'라고 부르는 것, '책'이나 '작품'이라고 믿는 것, '진리'나 '의미' 또는 '메시지'라고 말하는 그런 것이 다분히 유령적이라는 주장이다. 여기에서 오독이나 착각이 없어야 한다. 우리가 이해해온 유령이란 존재하지 않는 것, 존재가 아닌 것, 부재하는 것, 단지 이름에 불과한 것을 가리킨다. 그러나 데리다가 말하는 유령이란 '존재의 다른 이름'이다. 즉 존재가 다름 아닌 유령이란 것이다.

유령이란 '사본寫本의 세계'이다. 이 세계는 원본이 없는 사본으로만 가득한 세계, 즉 근원도 본질도 기원도 없는 사본들의 차이만이 드러나는 세계라는 것이다. 따라서 유령론의 핵심은 '원본은 없다!'라는 원본 부재 – 선언이다. 유령론적 사유에 따르면 텍스트는 일종의 유령이다. 텍스트를 통해 그 글을 쓴 사람의 실재를 발견할 수도 없다. 단지 유령이 출몰할 뿐이다. 텍스트를 접촉하는 경계 지점 어디선가 일어나는 어떤 리듬의 충돌에 의해 유령이 출몰하는 것이다. 따라서 작가가 원본이고 텍스트는 사본이라는 도식 자체가 허구가 된다. 존재로서의 텍스트가 아니라 유령으로서의 텍스트란 것이다.

유령론적 관점에 따르면 발신자의 의도보다는 수신자에게서 일어나는 유령적 현상이 더욱 중요하다. 수신자가 행하는 그 어떠한 반응도 유령 붙잡기가 된다. 책 혹은 작품 안으로 들어가 읽는 일은 유령과 함께 놀이하고 춤추는 일이 될 것이다. 반대로 책을 파고들어 의미를 해석하고 사상이나 진리를 발견하고자 한다면 존재하지도 않는 유령을 실체로 믿고 씨름하는 일이 될 것이다. 이러한 유령 출몰과 유령 체험은 글쓰기와 작품 혹은 책을 둘러싸고 일어나는 감응 현상이나 아우라 현상과 유사하다.

실로 데리다의 저작들에는 유령적 효과와 같은 그 무엇이 있다. 한편 우리의 상식을 깨뜨리고 새로운 시선을 열어주는 힘을 느끼게 한다. 다른 한편으로는 선명한 해답이나 정형화된 틀을 보여주지 않기 때문에 그저 미묘하고 꺼림칙하고 막막한 느낌만이 남는다. 데리다의 말들이 불편한 것은 우리가 익숙한 관점에 해체적 균열과 울림이 일어나기 때문일 것이다. 하지만 데리다의 해체론은 결코 독서 방법이나 글쓰기의 기법이 아니다. 글쓰기라는 질문을 안고 데리다를 찾아가면 그는 마냥 침묵하는 것 같다. 은유로써 모호하게만 말하는 것처럼 느껴진다.[25] 그 어디서도 명료한 음성이 들리거나 섬세한 지도가 보이지 않는다. 따라서 그에게서 글쓰기의 어떤 방법을 찾으려는 것은 실로 무모한 시도가 된다. 그가 글을 쓰는 방식에는 그 어떠한 도식이 없기 때문이다. 그는 그저 텍스트를 읽으면서 자기 글을 썼을 뿐이다. 우리는 단지 데리다의 텍스트를 읽으면서 나의 규칙을 바꿔야 하고, 무언가 다른 리듬으로 전혀 다르게 읽고 글을 써야 한다는 것을 감지할 뿐이다.[26]

"텍스트는 문이자 입구이고, 방금 문지기가 닫은 것일지도 모른다. 그리고 결론을 내리기 위해 나는 이 선고宣告, sentence로부터, 문지기의 이 결론과 더불어 출발할 것이다. 문을 닫으면서 그는 텍스트를 닫는다. 그러나 텍스트는 아무것에 대해서도 닫히지 않는다."[27]

데리다는 지금도 문지기로 남아 있다. 그가 문을 닫았든 열어두었든, 그의 텍스트는 우리에게 닫혀 있지 않다. 하지만 그는 유령처럼 자신이 남긴 말들의 흔적들을 통해 우리에게 생생하게 말하고 있는 듯하다 : 텍스트는 진리의 진술이 아니다.
글은 의미를 담아 포장하는 일이 아니다. 그대가 쓰는 글에 어떤
의미나 위대한 사상이 있다는 착란에서 벗어나라. 과거의 형식
에서 스스로를 해방하라. 언어 사용의 규범이나 장르의 감옥에
갇히지 말라. 탈구축하고 넘어서라. 그대가 쓴 편지가 남기는 흔
적을 소중히 여기라. 글은 생성되고 있을 뿐이다. 그대가 아니라
글이 말하게 하라. 그저 문지기가 되어라. 그대가 쓴 텍스트가
일으키는 유령 현상을 미소 지으며 바라보라.

8장

나를 찾아가는 황홀한 오디세이

새로운 글쓰기의 모험을 위하여

"글쓰기가 우리를 구원할 것이다!"

글쓰기의 즐거움과 환희를 말하는 이들이 수없이 많다. 그들은 무엇을 경험하였기에 그런 말을 하는 걸까? 글쓰기는 그들에게 순간순간 구원이다. 글을 쓰면서 우리는 스스로를 구한다. 고통에서 슬픔에서 그리고 무지에서. 글을 쓰는 행위 안에서 우리를 온전히 살아있음을 느낀다. 글쓰기는 기쁨이어야 한다. 기쁘게 쓰는 글만이 자신을 변형시킨다. 기쁨의 정서 안에서 써지는 글은 명랑하게 말을 건넨다. 자기 자신에게 그리고 모두에게.

철학자들은 글을 쓰는 기법을 가르치지 않는다. 그들은 오로지 글의 본질에 대해 말하고, 글쓰기의 영혼을 일깨울 뿐이다. 그들은 '낱말'을 능숙하게 구사하는 글이 아니라 우리 자신의 존재와 삶으로 쓰는 글에 주목한다. 그런 차원에서 그들은 글쓰기와 삶 쓰기를 구분하지 않는다. 글쓰기와 삶 쓰기는 밀접한 상관관계가 있을 뿐 아니라 동의어이기조차 하다. 우리들 각자의 삶은 그 하나하나가 텍스트이다. 지금 이 순간도 우리는 나의 삶이라는 독특한 텍스트를 쓰고 있다.

대부분의 철학자들은 자신들의 '삶이라는 텍스트'를 써내려간 사람들이다. 그들이 쓴 텍스트는 곧 그들의 삶과 사유의 내용이기도 하다. 특히 그들은 글을 쓰며 사유하였고, 자신의 사유한 바를 삶의 준거로 삼았다. 평생에 걸친 글쓰기를 통해 숙성시키고 정리한 것이 그들의 철학이다. 날 때부터 그들 내면에 어떤 심오한 철학과 사상이 존재했던 것이 결코 아니다. 그들의 사상은 그들의 삶에서 형성되고 끊임없는 글쓰기를 통해 벼리면서 완성되었던 것이다. 삶으로 쓰는 글, 글로 쓰고 쓰면서 깊어지는 삶과 글 쓰는 삶은 결코 나눌 수 없다.

여기서 우리가 붙잡아야 할 중요한 진실이 하나 있다. 그것은 "나는 '나의 글'을 써야 한다!"는 것이다. 그것은 "'나의 삶'을 산다"는 뜻이기도 하다. 이는 몇몇 철학자들이 우리에게 건네는 조언이 아니라 거룩한 명령과도 같다. 자기답게 쓰라! 자기답게 살라! 자기 자신이 되어 자기만의 글을 쓰라!

자신의 목소리로 노래하라

자크 라캉에 따르면 말에는 두 종류가 있다. '텅 빈' 말과 '꽉 찬' 말이 그것이다.[1] 사실 우리들 대부분은 텅 빈 말을 하며 살아간다. 말을 하고 글을 쓰지만 그 언어는 텅 비어 있다는 뜻이다. 그렇다면 있어야 할 '무엇'이 없다는 것일까? 그 속에 자기 자신이 없는 것이다. 언어란 사회적 약속과 규범에 따라 통용되는 기호와 상징의 체계이다. 따라서 내가 사용하는 말은 나에게서 비롯된 것이 아니며, 나만의 고유한 기호도 아니다. 단지 내가 배운 말이요, 그 어딘가에서 주워들은 말이다. 심지어 내가 펼치는 주장과 생각들조차 다른 이의 사상과 이 시대의 담론 속에서 형성된 것들이다. 엄밀히 말하자면 내가 말을 하고 있지만 그 말은 나의 말이 아니고, 내가 글을 쓰지만 그 글이 나만의 글이라고 할 수는 없다. 글 속에 '주체'로서의 나는 부재한다. 우리는 사회어를 주고 받으면서 텅 빈 언어의 유희를 하고 있는지도 모른다.

　나의 말은 없고, 나의 글 역시 나만의 것이 아니라면 도대체 '말하는 나'는 누구인가? 우리는 어차피 언어와 기호를 사용하면서 살아갈 수밖에 없고, 글이란 언어 작업일 수밖에 없는데 어떻게 하라는 것일까? 라캉은 '말해질 수 있는 사람이 되라'고 제시한다. 이는 자신의 삶을 살아내고, 나다운 나, 나만의 나로 살아가는 일이다. 즉 나의 삶이 하나의 고유한 텍스트가 되는 그런 삶을 말한다. 다시 말해 '나만의 삶이라는 고유한 텍스트'를 써내려가는 삶 쓰기를 뜻한다.

　그런 면에서 우리 모두는 책을 쓰고 있다. 서가에 꽂힌 책이 아니라 삶이라는 책 말이다. 우리 각자는 각각 무엇과도 비길 수 없는 한 권의 책이다. 지금 이 순간도 우리 자신의 삶의 이야기들로 채워지고 구성되는 하나의 텍스트가 만들어지고 있다. 지금까지 쓰여진 내 삶의 모든 조각들 역시 각각 한 챕터의 텍스트들이다. '말해질 수 있는 사람'이 된다는 것은 자신의 삶을 온전히 살아내는 사람을 뜻한다. 이런 사람이야말로 자기 자신만의 말을 하고 자신만의 글을 쓸 수 있는 것이다. 말과 글 속에 자신의 삶을 가득 채울 때 비로소 꽉 찬 말이 되고 자기 자신의 목소리로 말하게 된다.

"이제 자신의 목소리를 내시기 바랍니다. 여러분들에게 묻습니다. 여러분의 이름은 무엇인가요? 무엇이 당신을 흥분하게 만들고 심장을 뛰게 합니까? 이제는 여러분들의 이야기를 들려주십시오. 여러분의 목소리를 듣고 싶고, 여러분의 의지를 확인하고 싶습니다."

유엔 총회 무대에 아이돌그룹 방탄소년단이 초대 받았을 때 연설자로 나선 리더 RM이 남긴 말이다. 이 메시지는 강렬한 울림을 전하며 지구촌 전역으로 퍼져나갔다. 자기 목소리를 내고, 자기의 노래를 부르고, 자기 길을 걸어가라는 것이다. 자기의 목소리, 그 속에는 엄청난 공간이 펼쳐져 있다. 자기 자신의 삶, 언어, 글, 스타일, 패션, 라이프 스타일 등 모든 것을 그 안에 담을 수 있다. 자신이 살아온 이야기가 글이 되고, 자신만의 삶이 말해질 수 있다면 우리는 얼마나 행복할까. 나 자신의 삶과 존재 자체가 말로 드러나고, 내 삶이 누군가에게 들려주는 이야기와 글이 될 수 있다면 우리는 얼마나 당당하고 자유로워질까?

카프카는 이렇게 고백한다. "작품은 나이고, 내 이야기들은 나이다. 나와 관계없는 것은 아무것도 쓰지 못한다."[2] 나의 존재 및 삶과 전혀 무관한 글을 쓰기란 애초에 불가능할뿐더러 씀으로써 만들어지는 글 역시 나의 삶의 일부가 된다. 그러므로 우리는 나만의 삶을 살아가며 나의 목소리로 노래하는 법을 터득해야 할 것이다. 이는 어떤 특별한 훈련을 통해 이루어지는 것이 아니다. 그것은 진정한 자신의 삶, 자신만의 삶을 살아가는 기나긴 오디세이를 통해 이루어진다.

사람 이야기를 담아라

오늘날의 독자들이 책을 찾는 것은 저자의 탁월한 논리나 특별한 사상을 배우거나 얻기 위해서만이 아니다. 오히려 글 속에서 사람을 만나고 그의 삶과 고유한 사유에 정서적으로 연결되기를 원해서이다. 그 만남의 강렬함과 그 순간에 일어나는 공감이 읽는 이들을 글 속으로 연결시키고 몰입하게 만든다.

"글 안에 사람 이야기를 담아야 합니다. 사람이 담긴 글에 많은 이들이 진솔하게 반응합니다."

서초동의 한 인문학클래식 특강에서 카피라이터 정철 선생이 밝힌 노하우이다. 그는 오랜 현장 경험과 연구를 통해 이 사실을 발견하였다고 한다. 사람들은 사람 이야기에 가장 뜨겁게 반응하고, 사람 이야기가 있을 때 자기 이야기로 공감하며 읽게 된다는 것이다. 그렇다. 사람 사이를 연결하고 공통 감각을 일으키는 최고의 '커먼즈'commons는 사람이다. 글 또는 작품에서 사람의 체취를 느낄 때 읽는 순간순간 읽는 이의 가슴 속에서 그 무언가가 움직이고 일렁인다. 우리는 글을 읽으며 정보를 취득하는 것이 아니라 사람을 채취한다.

그렇다면 사람 이야기가 담긴 글은 어떤 글일까? 그것은 먼저 사람살이의 이야기, 다시 말해 누구나 경험했을 법한 소소한 경험과 정서를 담은 글을 말한다. 소설이 널리 읽히는 것도 바로 이러한 요소 때문이다. 그 어떠한 글이든 거기에 '사람'이 없으면, 사람의 흔적이 발견되지 않으면 독자들은 읽어내기 힘들다. 사람 이야기가 없는 글, 우리의 삶과는 아무런 관련이 없는 글이야말로 사변적이고 공허하다. 거기에는 말 잔치와 개념의 유희만이 가득하게 된다. 사람들의 심금을 울리고, 글 속으로 몰입하게 하는 것은 기실 웅장한 서사나 놀라운 사건들로 가득한 스토리텔링이 아니다. 사람들의 혼을 움직이는 것은 사람 냄새와 그 진동이다.

그러한 글은 사람들이 경험하는 고통과 슬픔, 웃음과 환희, 절망과 탄식, 온갖 감정이 요동치는 기억들의 아프고 빛나는 조각들로 구성된다. 친구, 가족, 동료, 연인, 반려견, 나와 너, 몸, 공동체, 일상의 소소한 것들, 온갖 사건들, 나의 가슴 속에서 전개되는 생생한 내적인 갈등과 고뇌와 흔들림 등등이 사람의 향기를 만들어낸다. 사람다움, 날것의 우리 이야기, 우리의 삶과 생각과 감정을 진솔하게 드러내는 글이 그것이다.

사람 이야기는 단지 스토리를 전개한다는 의미 이상이다. 자기 개인의 서사를 그대로 말해야만 하는 것이 아니다. 서사 구조를 지닌 소설이나 시나리오나 여행기, 혹은 일상의 경험과 사색을 담는 수필이 아닌 글들에서도 얼마든지 가능하다. 시나 단상, 비평이나 서평, 심지어 연설문에도 사람 냄새가 물씬 풍길 수 있다. 짧든 길든, 유려하든 건조하든, 산문이든 운문이든, 비판적이든 찬사이든, 난해한 글이든 쉬운 글이든 그 어떤 글이든 그 속에 사람을 넉넉히 담을 수 있다. 어떤 언어를 사용하느냐가 이를 좌우한다. 사람의 생활과 관련된 언어, 신체 감각과 관련된 낱말, 인간사 공통의 관심사와 우리들의 경험과 연결되는 글이라면 사람의 흔적이 묻어나기 마련이다. 더구나 글을 쓰는 이가 자신의 체험과 사유를 솔직한 표현언어로 담아낼 때 글쓴이의 냄새가 물씬 풍기기 마련이다. 그러므로 어떤 특정 인물이 등장하는 서사 구조가 없이도 얼마든지 사람 이야기와 사람 흔적을 담아낼 수 있다.

〈보이스퀸〉Voice Queen이나 〈미스터트롯〉Mr. Trot 같은 프로그램에 시청자들이 열광한 이유는 무엇일까? 그 비결은 긴장감 넘치는 서바이벌 프로그램이거나 우리 정서에 맞는 트로트라는 장르의 음악을 다루어서만이 아니다. 프로그램 내내 진하게 전해오는 사람 냄새 즉 스토리와 관련이 있다. 방송을 직접 시청한

이는 잘 알겠지만 이들 프로그램에 출전하는 사람들은 노래를 부르기 전에 프로그램에 출연하게 된 사연이나 자신이 부를 노래의 선곡 배경을 들려준다. 그것도 자신이 살아온 이야기나 가슴 아픈 가족사를 통해서 말이다. 그런 다음 사연 가득한 노래를 부른다. 그때 청중들은 전혀 다른 방식으로 노래를 듣게 된다. 다시 말해 청중은 출연자의 음색이나 가창력 등 음악적 역량에만 초점을 맞추지 않고, 노래를 부르기 전에 들려준 스토리와 연결해서 노래를 듣는다. 노래를 부르는 이 역시 전혀 다른 감흥에 젖어 노래를 부른다. 바로 그 순간 강렬한 공감이 폭발한다. 승부와 상관없이 거의 모든 출연자들은 행복해 하고, 노래를 하는 이나 듣는 이가 함께 가슴 뭉클함과 힐링healing을 경험하게 된다. 이러한 현상은 음악과 스토리가 결합하였기 때문에 일어난 일이다. 겉으로는 트로트 열풍처럼 보이지만 사실은 그렇지 않다. 이는 스토리가 가미되어 색다른 울림이 일어난 것이다. 〈슈가맨 3〉라는 프로그램을 통해 거의 삼십 년 만에 다시 소환되어 온 나라를 들썩이게 한 양준일 신드롬도 이러한 맥락에서 이해할 수 있을 것이다. 모두 노래와 스토리를 함께 배치한 결과 '사람의 향기'가 일으킨 새로운 바람인 셈이다.

따라서 우리는 일상의 작은 경험들과 소소한 것들 속에서 글감을 발견하는 감각을 길러야 한다. 사람들의 살아가는 이야기, 자신의 눈으로 보고 듣고 마주하게 되는 모든 사물과 경험들이 사람 이야기가 될 수 있다. 거대 담론이라 일컫는 주제 속에도 얼마든지 사람 이야기와 사람 냄새를 담을 수 있다. 대단한 사상이나 깊은 의미를 전하겠다는 계몽적 욕심을 비우면 글쓰기가 무척 자유로워진다.

사람이 읽고 사람이 글을 쓴다. 사람이 글이다. 사람이 책이다. 사람 냄새는 너와 나의 삶의 경험이자 흔적이다. 글쓰기의 여정은 고독한 고행의 순례길이 아니다. 이 길은 함께 어울리며 걸어가는 동행이다. 사람 냄새, 땀 냄새 물씬 풍기며 사람들을 만나고 대화하며 함께 걸어가는 여행이다.

장르의 경계를 넘어서라

글을 쓰는 사람은 어떤 형태이든 하나의 문학 장르에 속하게 된다. 그리고 특정 장르에 속한 작가가 되어 좋은 작품을 펴내고자 하는 열망을 가지기 마련이다. 문학의 세계에 머무르고 그 속에서 살아가고픈 꿈을 꾸는 것이다. 그리고 문학의 각 장르에는 역량 있는 작가들이 세운 아름다운 성채들과 잘 꾸며진 정원들이 가득하다. 그래서 마치 문학은 글쓰기가 마침내 도달해야 할 꿈의 영토처럼 보인다. 그래서 문학의 세계로부터 인정받는 글을 쓰고자 애쓰고, 글의 성격이 불분명한 쓰기를 그만두고, 특정 장르에 속하는 글을 쓰려고 시도한다. 과연 문학은 누구에게나 무한히 펼쳐진 대지이자 언젠가 들어가야 할 꿈의 영토일까?

문학은 실로 아름다운 땅이자 감미로운 언어의 노래와 춤과 서사들이 펼쳐내는 환희의 세계이다. 하지만 분명한 것은 문학은 사람들이 만든 하나의 제도라는 것이다. 문학은 결코 글쓰기의 이데아가 아니다. 문학은 글쓰기의 광활한 세계 안에 형성된 특이한 영토 중의 하나에 불과하다. 데리다는 장르genre의 문제를 다루면서 '장르란 글쓰기에 대한 제도화된 분류법'에 다름 아니라고 말한다.[3] 장르란 처음부터 존재한 하나의 자연적인 상태가 아니라 사람들이 만든 제도화된 틀이자 생태계라는 것이다. 거기에는 다른 장르와 구분하는 선명한 경계선들이 있고, 눈에 보이는 자기 영토가 있다. 그리고 그 영역을 관할하는 권력이 작동한다.

따라서 시나 소설, 시나리오, 에세이 등 어떤 특정 장르의 글을 쓰는 작가는 그 장르의 구성원이 되고, 자신의 소속을 암시적으로나 명시적으로 알림으로써 자신의 장르를 드러낸다. 데리다는 누구든 일단 어느 장르에 속하는 순간 장르를 가동시키는 규칙의 지배를 받는다고 보았다. 그 법이란 "~~ 하라" 또는 "~~하지 말라"는 명령이다. 즉 장르에는 글쓰기의 한계를 규정하는 어떤 표준과 금지명령이 담겨 있다.[4] 게다가 장르 안팎을 경계 짓는 배타적인 힘이 작동한다. 그 대표적인 예는 "장르는 섞는 것이 아니다"라는 명령이다. 데리다는 이러한 장르 분류법과 자기 보존의 욕망은 자기 영토를 규정하고 경계의 표지석을 세우는 행위로 보았다.

2016년 노벨문학상 수상자가 발표되자 그 어느 때보다 찬반 논란이 들끓었다. 그 주인공이 바로 대중가수이자 음유시인이었던 밥 딜런이었기 때문이다. 그가 수상자로 발표되자 먼저 부정적인 반응이 제기되었다. 대중가요 가수에게 노벨문학상은 어울리지 않다는 논지였다. 노벨상이 퇴락하여 문학의 성역을 침범한 것으로 판단하는 입장이다. 반면 긍정적인 목소리도 있었다. "밥 딜런은 문학의 장르를 확장하였다"거나 "밥 딜런의 가사에는 어떤 고결함 즉 숭고한 가치가 담겨 있다"고 보는 평가이다.

밥 딜런이 부른 노래의 가사는 문학 혹은 시로 분류할 수 있을까? 이 질문 자체가 전형적인 장르적 사고방식의 일종이다. 밥 딜런은 시를 종이 위에 써서 눈으로 읽게 하는 작가가 아니라 사람들의 귀에 직접 노래로 들려주는 시인이었다. 시는 언어에 은유와 운율과 리듬을 담을 때 이미지를 생성하지만, 노래 가사는 음악의 선율과 리듬에 따라 저절로 이미지를 동반한다. 그는 목소리로 시를 노래하였다. 밥 딜런의 음악에서 시는 그의 음악과 결코 구분할 수 없다. 게다가 그가 노래한 그 가사 자체만으로도 좋은 시라고 말하지 않을 수 없다. 밥 딜런은 음악가이 자 시인이다. 문학이라는 장르와 음악이라는 장르가 밥 딜런 안에 서 융합되고 있는 것이다.

누구든 글을 쓰면 원하든 원치 않든 어떤 장르에 속하 게 된다. 게다가 사람들은 어떤 글이든 그 장르를 지정하기를 주 저하지 않는다. 산문/운문, 기행문/기록문, 비평/창작, 문학/비 문학, 주류 문학/비주류 문학, 소설/웹소설 등등 그 분류법은 수 없이 많다. 내가 알든 알지 못하든 어떤 장르에 의해 분류되고 있는 것이다. 특히 스스로 자신을 어떤 장르에 속한 사람으로 생 각하면 자신도 모르게 그 장르에 의해 규정되기 마련이다. 그 장 르 안에서 인정받기를 바라고, 그 장르의 글쓰기 준칙을 따르려 한다. 그리고 다른 이의 글을 볼 때마다 장르의 관점에서 글을 바라보고 평가하게 된다. 그렇게 하면 그 글 자체를 있는 그대로 받아들이고 읽는 감각을 잃기 십상이다. 과연 장르 선택이나 소 속은 글쓰기의 대지를 분할하고 있는 어떤 특정 영토의 백성으 로 정착하는 일인지도 모른다.

장르와 관련하여 니체는 온갖 장르를 넘나드는 자유를 실험하였다. 블랑쇼와 바르트는 모든 장르로부터 자유로운 단 상 형태의 글을 시도하였다. 들뢰즈는 탈영토화하여 탈주하는 정신을 강조하였고, 데리다는 장르에 속하지 않는 텍스트 쓰기 를 강조하였다. '탈주'란 장르를 파괴하거나 장르의 세계와 완전히 결별하는 것을 뜻하지 않는다. 그런 세계란 그 어디에도 존재하지 않는다. 장르의 경계와 변방에서 머물며 그 어디에도 묶이지 않는 새로운 글을 쓰는 창조적 실험, 새로운 장르의 창조, 장르들의 이종혼합과 같은 변주를 시도하는 힘을 말한다. 데리다가 말하는 '장르 소속 없음' 역시 여러 장르에 동시에 연루되거나, 또는 '소속 없이 소속되는'[5] 방식의 자유로움을 말한다.

오늘날 사람들이 실시간으로 직접 소통하는 시대가 펼쳐졌다. 이제는 텍스트와 독자들이 곧바로 만난다. 아울러 온갖 장르의 경계들이 급속하게 허물어지고 있다. 심지어 문학과 비문학의 경계, 장르와 장르 사이의 경계도 희미해져가거나 해체되고 있다. 활발한 융복합이 시도되고 웹소설이나 웹드라마, 판타지 등 서브컬처 영역의 글쓰기가 오히려 미래의 주도적 흐름으로 부상하고 있다.

이러한 상황적 변화보다 중요한 근원적인 사실이 하나 있다. 그것은 우리가 쓰는 글에는 장르가 없다는 것이다. 원래부터 장르가 있었던 것도 아니다. 텍스트는 장르에 속하려 하지 않는다. 우리는 내 스타일의 글, 나 자신의 글을 쓰면 된다. 그 어떤 장르에 속할 수도 있고 그렇지 않을 수도 있다. 장르를 뛰쳐나올 수도 있다. 그 안에서 변형 탈주할 수도 있다. 다양한 장르에 속할 수도 있다. 한 장르에 영원히 소속되기를 그만두고 새로운 장르를 찾아 이주할 수도 있다. 장르를 넘어서는 힘과 자유, 이것이 나를 찾아가는 삶의 여행에서 실로 중요하다. 비단 글쓰기의 장르만이 아니다. 우리의 삶을 지층화하고 영토화하여 묶어버리는 모든 종류의 장르적 힘을 벗어나는 힘을 지녀야 하는 것이다. 자기 자신을 찾아가는 여행을 하려면 단 하나의 국적에 얽매이지 않고 온갖 국경을 넘나드는 자유를 지녀야 하지 않을까.

온기가 있는 글을 쓰라

우리 시대에 정동을 불러일으키는 글의 중요한 요소를 하나 꼽는다면, 그것은 따스함이다. 자본주의적 소외가 극에 달하고 있는 이 시대에 사람들은 따스한 온기를 원한다. 책이나 드라마와 영화 등에서 사람들이 기대하는 바는 단순하다. 온기이다. 따스함과 접촉하고 싶은 것이다. 내가 살아있음을 느끼고 싶고, 내가 아직은 살 만한 따스함이 남아 있는 세상이란 것을 확인하기를 원하는 것이다.

언젠가 교양 프로그램 〈알쓸신잡 2〉를 시청하는데, 진행자인 유희열이 참석자들에게 이런 질문을 던졌다. "자신에게 어떤 행복의 기억이 있느냐?" 그때 유시민 작가가 어릴 적 자신이 느낀 행복의 순간을 짧게 회상했다. 육남매가 어울려 자랐던 유 작가는 어릴 때 형제들과 놀다 쓰러져 잠드는 경우가 많았다고 한다. 그때 아버지가 잠든 어린 시민이를 품에 안고서 아이들 방으로 옮기곤 했는데, 아버지의 품에 안기는 순간 잠에서 깼지만 아빠 품과 그 순간이 너무 좋아서 자는 척 눈을 감고 있었다고 고백한다. 유시민 작가는 그때 아버지 품에 안긴 그 순간이 가장 행복한 순간이었고, 그것이 자신이 기억하는 행복이라고 말했다. 이 이야기를 듣는 진행자의 눈에 눈물이 맺히고 있었다. 동시에 그 장면을 보고 있던 필자 역시 묘한 감동과 충만한 행복감이 밀려오는 것을 느꼈다.

　　　독자들은 논리적 정합성이나 철학적 깊이나 기술적 세련됨에 크게 이끌리지 않는다. 그보다는 그냥 느껴지는 대로 반응한다. 책과 나 사이, 텍스트와 내 삶의 콘텍스트 사이, 작가와 독자 사이에서 형성되는 어떤 정서와 감응하는 힘이야말로 독자들에게 읽히는 책의 공통점이다. 그것은 감각적 정서적 차원이다. 사람들은 따스한 온기를 느낄 수 있는 글을 원한다. 따스한 글, 온기가 있는 글만이 세상을 밝게 한다. 살갗에 닿는 온기와 영혼의 따스함을 느끼게 하는 글이 널리 읽히고 사랑받는다.

　　　나태주 시인은 대중적인 시인이다. 많은 독자들이 그의 글을 즐겨 읽고 위로받고 힘을 얻는다. 그의 시를 읽으면 글의 분위기가 친근하고 맑고 따뜻한 느낌이 든다. 무엇보다도 글이 따스하다. 정감이 물씬 풍긴다. 그의 시 속에서 개념적 언어나 해석이 필요한 언어는 발견하기 힘들다. 특히 우리 삶의 소소한 일상과 인생살이에 널린 시시콜콜한 경험들이나 사물을 소재로 다룬다. 그래서 독자들은 그의 시를 읽으면서 친근감을 느끼고 자신의 기억과 경험, 아픔과 느낌들을 소환하며 무언가 위로를 받는다. 한마디로 그의 시는 사람들의 마음을 어루만진다. 그는 한 인터뷰에서 "시인은 독자를 위한 시를 써야 한다"고 강조한다. 그도 젊었을 때 짠하고 문학적 함량이 높은 시를 쓰고자 몸부림쳤다고 한다. 하지만 나이가 들면서 "시답지 않은 시, 한번도 듣도 보도 못한 나태주만의 아우라가 있는 시를 쓰고 싶었다"고 말한다.[6] 문단이나 평론을 의식하지 않는 자유를 선택한 것 같다. 누군가 쓴 글을 읽으면서 경험하는 따스함, 그 순간의 위로, 그것이 독자들의 마음과 이어지는 글의 마음이다.

온기가 있는 글을 쓰려면 먼저 글을 쓰는 자기 자신의 가슴이 따스해야 한다. 차가운 가슴에서 따스한 글이 나오는 건 불가능하다. 내 가슴 속의 사랑, 모든 타자를 껴안는 가슴, 함께 울고 함께 웃는 얼굴의 자유, 삶의 모든 것을 긍정하고 받아들이는 명랑성, 따스함은 바로 여기서 흘러나온다. 따라서 아무리 비평적인 글이나 거대 담론을 다룬 책이라고 할지라도 인간미 넘치고 가슴을 어루만지는 온기를 지닐 수 있다. 비평적이고 매우 논리적인 글이나 실용적인 책이라고 할지라도 따스함이 배어 있을 수 있다. 판타지나 공포소설, 긴장감 넘치는 추리소설이라고 할지라도 인간미를 담을 수 있다. 시나 소설이나 에세이나 칼럼 등의 글쓰기에는 말할 나위가 없다. 따스함을 담은 글이 사람들의 가슴에 남는다. 따스한 글과 책을 쓰는 일은 온기의 공동체를 경험하게 하는 가장 숭고한 작업이 아닐까.

지금 쓰고, 매일 쓰라

글을 쓰는 이는 미루지 말고 마음먹은 순간 당장, 지금 써야 한다. 그리고 매일 써야 한다. 중단 없이 백지 위에 자신의 사유를 풀어놓는 과정을 통하여 글이 써지고 책이 만들어진다. 파스칼의《팡세》는 평소에 그가 자신의 생각을 메모 형태로 기록하고, 그의 사후에 남겨진 메모 형식의 글을 다른 이가 엮은 것이다. 롤랑 바르트의《애도 일기》역시 어머니를 잃고서 그가 쓴 애도의 글들을 그의 사후에 다른 사람이 출판한 것이다. 그 책들은 메모 혹은 일기의 단편들로 구성된 보물이었다. 그들의 책이 주는 감동보다 아름다운 것은 그 누구에게도 전해주지 않는 미공개의 글들을 그들이 썼다는 사실이다. 글쓰기를 원하는가? 책을 쓰고 싶은가? 어떤 문학작품을 만들고자 하는가? 그렇다면 지금 이 순간의 나의 진실, 나의 생각, 나의 삶을 있는 그대로 펼치면서 손에 펜을 쥐고서 빈 여백의 백지를 채워나가야 한다. 글 작업을 통해 자신의 혼을 불어넣고 자신의 생각을 정리하는 작업을 시작하는 일, 이것이 글쓰기의 출발점이다.

　　글쓰기는 진흙더미 속에서 언어의 보석을 캐는 일이다. 또한 그 보석을 빛나게 다듬는 작업이며, 그 보석들을 보석상자에 담는 일이다. 명작을 남기거나 모두에게 감동을 주는 글을 쓰거나 남다른 작가가 되려는 마음을 내려놓고, 지금 나의 삶의 자리에서 먼저 글쓰기를 시작하여야 한다. 가지런히 정리가 되지 않은 글이라 할지라도, 단어 몇 글자, 짧은 문장 하나일지라도 매일의 쓰기를 감행하고 이를 이어나가야 한다. 글쓰기를 하려면 이러한 글쓰기 습관이 중요하다.

　　이렇게 글을 쓰는 일은 다름 아닌 글 창고에 글을 담는 일이다. 그것이 메모의 형태이든 일기나 에세이 형식의 이어 쓰기이든, 그 공간이 블로그나 글쓰기 노트이든 여하한 글을 담는 주머니에 차곡차곡 글을 담아야 한다. 잡지나 어떤 글 창고에 연재를 하면 더욱 좋다. 그 주머니가 보석으로 가득한 보석 주머니가 되도록, 글 서랍 안에 황금빛 글들이 가득 차도록 사유의 조각들을 그 안에 담는 작업을 쉬지 말아야 한다.

　　또한 글쓰기는 펜이 아니라 몸으로 하는 작업이다. 책상에 앉아있어야 글이 나온다. 2006년 노벨문학상을 수상한 오르한 파묵Ferit Orhan Pamuk은 여명이 밝아오는 이른 아침에 일어나 어김없이 책상 앞에 앉는다고 한다. 그 이유는 언제 뮤즈가 찾아올지 알 수 없기 때문이라고 한다. 글을 쓰는 자신의 하루하루를 '바늘로 우물을 파는 일'에 비유하기도 했다. 바늘로 우물을 파는 것과 같은 무모한 열정으로 오로지 쓰기에 몰두하는 그 성실함이 그를 세계적인 작가로 만든 것일 테다. 이러한 자세를 두고 작가의 세계는 '글은 손이 아니라 엉덩이로 쓰는 것'이라고 말한다. 앉아있으면 글이 찾아오고, 앉아있는 만큼 글이 써지고, 끝까지 앉아서 쓰면 마침내 작품이 완성된다는 것이다. 낱말은 언어에서 나오지만 글은 몸에서 나온다. 온몸으로 쓴 글은 그 자체가 삶이다.

다시 한번, 글쓰기는 삶이다

글쓰기는 삶이다. 삶으로 글을 쓰고, 삶이 글이 된다. 그래서 글쓰기는 신비로운 사건이다. 글을 쓰는 순간 글이 나에게 찾아오고, 글이 나를 움직이고. 글이 나를 통과한다. 내가 책을 만드는 것이 아니라 나의 삶이 책이 된다.

글을 쓰는 순간에만 느낄 수 있는 내밀한 기쁨! 새로운 것을 창조하면서 자신이 변형되고, 무언가 창조되는 환희가 바로 그것이다. 그것을 즐길 때 우리는 유희하면서 글을 쓰게 된다. 따라서 우리는 글쓰기를 할 때 생생하게 현존現存한다. 매순간 자기 자신을 더욱 사랑하게 되는 충만한 현존, 그 내밀하고 황홀한 순간들이 이어지면서 우리는 새로운 존재로 빚어지고 변형된다.

글쓰기는 사랑하는 일이다. 나를 사랑하고, 글을 사랑하고, 글로 써지는 나의 삶과 이야기를 사랑하며, 내 아픈 기억마저 사랑한다. 이렇듯 글쓰기는 내가 만나는 모든 타인들과 사건들과 사물들을 껴안고 사랑하는 일이다. 미지의 것조차 사랑하고 불행조차 사랑하는 일이다.

글은 누군가에게 쓰는 사랑의 편지다. 얼굴을 모르는 미지의 독자들에게 구애하는 일은 신비롭고도 설렌다. 단 한 사람이라도 내가 쓴 글을 사랑하게 된다면 무한히 행복하리라. 하지만 언젠가 글은 나를 떠나간다. 누군가에게 전해지는 순간, 누군가가 내가 쓴 글을 읽는 순간 나는 침묵하고 글이 말한다. 나는 글을 줌으로써 무한히 자유로워진다.

글을 쓰고 있다는 것, 그것은 지금도 내가 살아있다는 증거이다. 글을 쓰는 이들은 알게 되리라. 글쓰기가 나를 만들었다고, 글은 곧 나의 고백이자 나 자신이라고. 그리고 글쓰기를 사랑하는 이들은 마침내 노래하게 될 것이다. 나를 찾아가는 글쓰기 오디세이는 참으로 행복한 여정이었노라고.

주석

서장

1 블레즈 파스칼, 〈팡세, 제1부, 200-231절〉, 《팡세》, 현미애 역. 을유문화사, 2013. p.354

2 아리스토텔레스, 《아리스토텔레스의 수사학》, 이종오 역. HUEBOOKS, 2015. p.263

3 앞의 책. p.263

4 서구에는 '대화의 격률maxim, 格率'이 있다. 영국의 언어철학자 허버트 폴 그라이스Herbert P. Grice가 대화의 준칙을 다음 네 가지로 말한다. 그 첫째는 '정보'이다. 정보를 제공해야 한다. 둘째는 '진실성'이다. 이는 '정직하라!'는 절대적 요구이다. 이는 자기 자신에게 먼저 요구하는' 격률'이다. 셋째는 '관련성'이다. 화제와 관련 있는 말해야 한다. 마지막으로 '표현의 경제성'이다. 즉 간결하고 명료하게 말해야 한다. 명료한 언어를 선택하고 분명한 표현으로 말하는 것이다. 모호하거나 파악하기 힘든 말은 대화적 언어가 아니다. 상징이나 메타포 역시 함부로 구사할 수 없다. 이러한 대화의 격률은 서구적 소통의 원칙과도 같은 것이다. 이에 대해서는 요아힘 크나페의 《현대수사학》(김종용 홍설영 역, 진성북스, 2019.) 31쪽을 참고하라.

5 블레즈 파스칼, 〈팡세, 제2부 제24장, 620-513절〉, 《팡세》, 현미애 역. 을유문화사, 2013. p.354

6 블레즈 파스칼, 〈팡세, 제2부 제21장, 511-669절〉, 앞의 책. p.314

7 아리스토텔레스의 《시학》과 《수사학》은 각각 문학과 웅변을 다루었다. 둘 다 글쓰기와 직접 관련이 있다. 《수사학》은 설득하는 기술(art)를 다룬다. 그는 설득의 세 요소를 로고스logos, 파토스pathos, 에토스ethos로 보았다. 로고스는 논리적이고 합리적으로 말하여 수긍 가능하게 하는 요소이다. 파토스는 상대방의 마음 즉 감정을 움직이는 요소이다. 청중 혹은 독자와 관련된다. 에토스는 정당함 혹은 진실성과 관련된다. 화자 혹은 저자가 지닌 신뢰의 요소이다. 그는 논리 정연하고 마음을 움직이고 믿을 만한 웅변 혹은 글이 사람들을 설득한다고 보았다. 이들 세 요소는 각각 이성, 감정, 의지와 관련된다.

8 블레즈 파스칼, 〈팡세, 제2부 제23장, 559-466절〉, 《팡세》, 현미애 역. 을유문화사, 2013. p.331

9 블레즈 파스칼, 〈팡세, 제2부 제23장, 578-481절〉, 앞의 책. p.338

10 블레즈 파스칼, 〈팡세, 제2부 제23장, 586-486절〉, 앞의 책. p.340

11 블레즈 파스칼, 〈팡세, 제2부 제24장, 610−503절〉, 앞의 책. p.351

12 블레즈 파스칼, 〈팡세, 제2부 제25장, 652−536절〉, 앞의 책. p.362

13 블레즈 파스칼, 〈팡세, 제2부 제25장, 675−554절〉, 앞의 책. p.366

14 블레즈 파스칼, 〈팡세, 제2부 제25장, 696−575절〉, 앞의 책. p.373

15 블레즈 파스칼, 〈팡세, 제2부 제27장, 784−645절〉, 앞의 책. p.402

16 이 책은 당시 장세니스트janséniste와 제수이트Jesuit 사이에 벌어진 논쟁에 파스칼이 뛰어들어 쓴 편지 형식의 시리즈 글들을 책으로 펴낸 것이다. 1656년 포르루아얄에 방문하여 머물던 파스칼은 포르루아얄 사람들의 요청으로 제수이트와의 논쟁에 참여하였다. 그들은 파스칼의 글을 통해 대중들을 설득하여 여론에 호소하고자 하였다. 난해하고 사변적인 글쓰기를 하는 신학자들은 일반인을 대상으로 한 글을 쓰기에 적합하지 않았다. 하지만 신학자가 아니었던 33세의 유명한 수학자이자 과학자를 논자로 내세우는 것은 적절하고도 신선한 시도였다. 파스칼의 글은 파란을 일으켰다.

17 안혜련, 〈파스칼의 《시골 친구에게 보내는 편지》에 관하여〉, 블레즈 파스칼, 《시골 친구에게 보내는 편지》, 안혜련 역, 나남, 2011. p.417

18 《팡세》의 경우 문학적 비유와 은유를 자주 사용한다는 점에서 17세기 철학서와는 다소 다른 결을 지니고 있다. 게다가 《팡세》는 단장 형태로 쓴 미완성의 메모 모음이다. 하지만 《팡세》역시 기하학적 구조를 추구하고 있으며, 주로 간결하고 명제적 언어를 사용하고 있다. 파스칼 특유의 간결한 문체와 수사학적 기술을 구사하는 개인적 특성이 있지만, 전체적으로 그는 이성을 강조하고, 수학적 구도와 정확함을 추구하며, 논증과 명제적 표현을 사용한다는 점에서 근대적이다.

1장

1   프리드리히 니체, 〈차라투스트라는 이렇게 말했다〉, 《니체 전집 13》, 정동호 역, 책세상, 2015. p.63

2   백승영, 《니체, 디오니소스적 긍정의 철학》, 책세상, 2005. p.63

3   앞의 책. p.63

4   알렉산더 네하마스, 《니체 : 문학으로서 삶》, 김종갑 역, 연암서가, 2013. p.44

5   프리드리히 니체, 〈차라투스트라는 이렇게 말했다〉, 《니체 전집 13》. p.63

6   질 들뢰즈, 《니체와 철학》, 이경신 역, 민음사, 2001. p.71

7   이진우, 《니체, 실험적 사유와 극단의 사상》, 책세상, 2009. p.113

8   프리드리히 니체, 〈선악의 저편〉, 《니체 전집 14》, 김정현 역, 책세상, 2002. p.56

9 프리드리히 니체, 〈이러한 맥락에 관한 추정〉, 《니체 전집 1》, 김기선 역, 책세상, 2003, p.25

10 앞의 책 p.27

11 프리드리히 니체, 〈선악의 저편〉, 《니체 전집 14》, 김정현 역, 책세상, 2002, p.76

12 프리드리히 니체, 〈아리스토텔레스 수사학 1〉, 《니체 전집 1》, 김기선 역, 책세상, 2003, p.462

13 프리드리히 니체, 《인간적인 너무나 인간적인》, 한기찬 역, 청하, 1983, p.121

14 앞의 책, p.125

15 앞의 책, p.126

16 앞의 책, p.121

17 닐스 비르마우어, 외르크 치를라우 공저, 《머리를 비우는 뇌과학》, 오공훈 역, 메디치, 2018, p.67

18 김서영, 〈자크 라캉의 소유할 수 없는 편지〉, 《처음 읽는 프랑스 현대철학》, 철학아카데미 편, 동녘, 2017, p.205

19 이성복, 《무한화서》, 문학과지성사, 2015, p.143

20 앞의 책, p.142

2장

1 마르그리트 뒤라스, 《마르그리트 뒤라스의 글》, 윤진 역, 민음사, 2018, p.12

2 율리히 하세, 윌리엄 라지 공저, 《모리스 블랑쇼 침묵에 다가가기》, 최영석 역, 앨피, 2008, p.5

3 박준상, 《바깥에서: 모리스 블랑쇼와 '그 누구'인가의 목소리》, 그린비, 2014, p.30

4 앞의 책, p.30

5 이진경, 《외부, 사유의 정치학》, 그린비, 2009, p.21

6 박준상, 《바깥에서: 모리스 블랑쇼와 '그 누구'인가의 목소리》, p.31

7 앞의 책, p.31

8 모리스 블랑쇼, 《카오스의 글쓰기》, 박준상 역, 그린비, 2012, p.45

9 모리스 블랑쇼, 《문학의 공간》, 이달승 역, 그린비, 2010, p.237

10 모리스 블랑쇼, 《카프카에서 카프카로》, 이달승 역, 그린비, 2013, p109

11 모리스 블랑쇼, 《카오스의 글쓰기》, p.37

12 모리스 블랑쇼, 《카프카에서 카프카로》, p.156

13   앞의 책. p.157

14   앞의 책. p.89

15   앞의 책. p.89

16   앞의 책. p.47

17   앞의 책. p.46

18   앞의 책. p.172

19   앞의 책. p.172

20   앞의 책. p.41

21   앞의 책. p.41. '카오스의 글쓰기'라는 용어는 논란이 되고 있는 번역이다. '카오스'chaos로
       번역한 말의 원어 désastre는 영어 disaster로 번역될 수 있다. 이는 '재난' 또는 '재앙'을 의
       미한다. '카오스'라는 말은 혼돈이나 혼란의 차원을 내포하고 있기도 하고, 코스모스적 질서
       나 어떤 동일성의 체계에 속박되지 않는 글쓰기의 자유로운 흐름을 강조할 수 있는 장점이
       있기도 하다. 하지만, 블랑쇼가 그런 개념어를 그리 사용하지 않는 데다가 '카오스'라는 말이
       풍기는 이미지 때문에 발생하는 의미 왜곡이나 오독의 가능성도 있다. 그리고 '재난'은 실제
       로 겪는 어떤 경험이자 신체적 상황이라는 점에서, 불가항력적 수동성이 잘 드러난다는 점에
       서, 그리고 유대인들의 홀로코스트 경험과도 연결되는 측면이 있다는 점에서 '재난의 글
       쓰기'로 번역하는 것이 바람직하다고 본다.

22   프란츠 카프카, 《카프카의 생각》, 세계명작읽기모임 엮음, 힘찬북스, 2019. p.237

23   앞의 책. p.101

24   앞의 책. p.101

25   앞의 책. p.101

26   앞의 책. p.102

27   앞의 책. p.205

28   율리히 하세, 윌리엄 라지 공저, 《모리스 블랑쇼 침묵에 다가가기》, p.149

29   모리스 블랑쇼, 《도래할 책》, 이달승 역, 그린비, 2011. p.408

3장

1   한병철, 《에로스의 종말》, 문학과지성사, 2015. p.57

2   롤랑 바르트, 《롤랑 바르트가 쓴 롤랑 바르트》, 이상빈 역, 동녘, 2013. p.207

3   롤랑 바르트, 《글쓰기의 영도》, 김웅권 역, 동문선, 2007. p.11

4 롤랑 바르트, 《텍스트의 즐거움》, 김희영 역, 동문선. 1997. p.67

5 롤랑 바르트, 《글쓰기의 영도》. p.79

6 롤랑 바르트, 《롤랑 바르트가 쓴 롤랑 바르트》. p.91

7 롤랑 바르트, 《사랑의 단상》, 김희영 역, 동문선, 2004. p.91

8 앞의 책. p.14

9 앞의 책. p.14

10 롤랑 바르트, 《어떻게 더불어 살 것인가》, 김웅권 역, 동문선. 2004. p.269

11 롤랑 바르트, 《사랑의 단상》. p.15

12 앞의 책. p.19

13 롤랑 바르트, 《텍스트의 즐거움》. p.67

14 롤랑 바르트, 《사랑의 단상》. p.26

15 앞의 책. p.26

16 앞의 책. p.26

17 앞의 책. p.37

18 프랑스어로 '랑그'Langue는 '언어'를 뜻한다. '라랑그'Lalangue는 '랑그'에 빗대어 라캉이 만든 용어이다. 랑그는 우리가 관습적으로 사용하는 사회적인 언어를 말한다. 각 기표에 조응하는 어떤 의미가 주어져 있으며 이에 따라 이해하고 해석하고 소통한다. 이에 비해 라랑그는 사회어가 아닌 언어이다. 그래서 그 발화된 언어에는 어떤 규정된 의미가 정해져 있지 않다. 단지 기표만으로 되어 있다. 아기의 울음소리를 나타내는 '앙'이나 놀람을 나타내는 '헉'과 같은 소리를 예로 들 수 있다. 이는 일차적이고 즉각적인 언어이다. 이런 표현언어에는 어떤 의미 해석이 필요하지 않다. 그냥 듣기만 해도 느낌이 전해진다.

19 롤랑 바르트, 《사랑의 단상》. p.139

20 롤랑 바르트, 《애도일기》(리커버 에디션), 김진영 역, 걷는나무, 2018. p.28

21 앞의 책. p.127

22 앞의 책. p.140

23 롤랑 바르트, 《롤랑 바르트가 쓴 롤랑 바르트》. p.177

24 롤랑 바르트, 《사랑의 단상》. p.225

25 앞의 책. p.140

26 앞의 책. p.117

27 앞의 책. p.117

28 롤랑 바르트, 《롤랑 바르트가 쓴 롤랑 바르트》. p.120

29 롤랑 바르트, 《사랑의 단상》, p.118

30 롤랑 바르트, 《롤랑 바르트, 마지막 강의》, 변광배 역, 민음사, 2015, p.277

31 롤랑 바르트, 《사랑의 단상》, p.118

32 앞의 책, p.119

33 롤랑 바르트, 《글쓰기의 영도》, p.10

34 롤랑 바르트, 《롤랑바르트가 쓴 롤랑 바르트》, p.215

4장

1 장 폴 사르트르, 《문학이란 무엇인가》, 정명환 역, 민음사, 1998, p.48

2 앞의 책, p.27

3 사르트르가 말하는 작품이란 산문을 말한다. 그는 산문이 세계의 실상을 좀 더 명료하게 드러낼 수 있다고 보았다. 그런 그의 문학을 참여문학이라고 한다. 사르트르는 시와 같은 운문은 세계의 실상을 드러내기에 적당하지 않다고 보았다. 따라서 그가 말하는 '문학 작품'은 주로 소설과 같은 산문을 의미하는 것으로 읽는 것이 바람직하다.

4 앞의 책, p.32

5 앞의 책, p.31

6 앞의 책, p.57

7 앞의 책, p.59

8 앞의 책, p.59

9 앞의 책, p.60

10 변광배, 《장 폴 사르트르 : 시선과 타자》, 살림출판사, 2004, p.32−33

11 장 폴 사르트르, 《문학이란 무엇인가》, p.61

12 장 폴 사르트르, 《말》 정명환, 민음사, 2008, p.154−158

13 앞의 책, p.166

14 앞의 책, p.267

15 앞의 책, p.270

16 앞의 책, p.270

17 장 폴 사르트르, 《문학이란 무엇인가》, p.64

18 앞의 책, p.64

19 앞의 책. p.61

20 앞의 책. p.61

21 앞의 책. p.61

22 앞의 책. p.61

23 앞의 책. p.64

24 앞의 책. p.64

25 앞의 책. p.63

26 앞의 책. p.72

27 앞의 책. p.74

28 앞의 책. p.75

29 마이클 아이건, 《독이 든 양분》, 이재훈 역, 한국심리치료연구소, 2009. p.9

30 장 폴 사르트르, 《문학이란 무엇인가》. p.75

31 앞의 책. p.72

32 모리스 메를로 퐁티, 《지각의 현상학》, 류의근 역, 문학과지성사, 2002. p.681

5장

1   '모나드'monad는 그 무엇으로도 나눌 수 없는 궁극의 단위를 말한다. 철학자들은 우주는 무
    수한 모나드로 구성되어 있다고 보았다. 이에 따르면 모든 사물은 모나드의 연결과 집합이다.

2   볼프람 아일랜베르그, 《철학, 마법사의 시대》, 배명자 역, 파우제, 2019. p.41

3   발터 벤야민, 〈일방통행로〉, 《일방통행로/사유이미지》(발터 벤야민 선집-01), 김영옥, 윤미애,
    최성만 공역, 도서출판 길, 2007. p.81

4   앞의 책. p.81

5   앞의 책. p.81

6   발터 벤야민, 〈언어의 모방적 성격〉, 《발터 벤야민의 문예이론》, 반성완 편역, 민음사, 1983.
    p.317

7   발터 벤야민, 〈나의 서재 공개 – 수집에 관한 한 강연〉, 《발터 벤야민의 문예이론》. p.39

8   최성만, 〈언어의 마법 – 발터 벤야민의 비평 세계〉, 발터 벤야민, 《서사·기억·비평의 자리》
    (발터 벤야민 선집-09), 최성만 역, 도서출판 길, 2012. p.5 – 6

9   발터 벤야민, 〈문학비평에 대하여〉, 《서사·기억·비평의 자리》(발터 벤야민 선집-09). p.548

10 앞의 글, p.556

11 앞의 글, p.543

12 앞의 글, p.555

13 앞의 글, p.555

14 앞의 글, p.544

15 앞의 글, p.545

16 발터 벤야민, 《일방통행로−사유의 유격전을 위한 현대의 교본》, 조형준 역, 새물결, 2007, p.27

17 앞의 책, p.27

18 발터 벤야민, 〈문학비평에 대하여〉, 《서사·기억·비평의 자리》(발터 벤야민 선집−09), p.546

19 발터 벤야민, 《아케이드 프로젝트 1》, 조형준 역, 새물결, 2005, p.49

20 발터 베야민, 《일방통행로−사유의 유격전을 위한 현대의 교본》, p.61−62

21 발터 벤야민, 〈일방통행로〉, 《일방통행로/사유이미지》(발터 벤야민 선집−01), p.97

22 발터 베야민, 《일방통행로−사유의 유격전을 위한 현대의 교본》, p.65−67

23 발터 벤야민, 〈역사철학테제〉, 《발터 벤야민의 문예이론》, p.346

24 앞의 글, p.345

25 발터 벤야민, 〈사유이미지〉, 《일방통행로/사유이미지》(발터 벤야민 선집−01), p.194

26 몸메 브로더젠, 《발터 벤야민》(주어캄프 세계인물총서01), 이순예 역, 인물과 사상사, 2007, p.157

27 발터 벤야민, 〈일방통행로〉, 《일방통행로/사유이미지》(발터 벤야민 선집−01), p.71

28 앞의 책, p.93

29 발터 벤야민, 〈언어의 모방적 성격〉, 《발터 벤야민의 문예이론》, p.318

6장

1   질 들뢰즈, 펠릭스 가타리 공저, 《카프카 : 소수적인 문학을 위하여》, 이진경 역, 동문선, 2001, p.68

2   앞의 책, p.69

3   '도주선'은 '탈주의 선' 혹은 '탈영토화의 선'을 말한다. 이는 탈주의 방향을 긋고 이를 꿈꾸는 것일 뿐 아니라, 마침내 탈주를 실행하여 새로운 대지로 나아가는 출발점이 된다. 들뢰즈는 "글쓰기란 도주선을 그리는 일이다."고 말한다. 이에 대해서는 질 들뢰즈와 크레르 파르네의 대담을 담은 《디알로그》(허희정, 전승화 역, 동문선, 2005.) 85쪽을 참고하기 바란다.

4   질 들뢰즈, 크레르 파르네 공저, 《디알로그》, 허희정, 전승화 공역, 동문선, 2005, p.206

5 앞의 책. p.206

6 이 인용문은 구소은 작가의 페이스북 글을 작가의 허락을 받아 담은 것임.

7 구소은, 《검은 모래》, 바른북스, 2018.

8 구소은, 《무국적자》, 바른북스, 2018.

9 멜리사 그레그, 그레고리 시그워스 편, 《정동 이론》, 최성희 외 역. 갈무리. 2016. p.135

10 질 들뢰즈, 크레르 파르네 공저, 《디알로그》. p.15

11 클레어 콜브룩, 《들뢰즈 이해하기》, 안정현 역, 그린비, 2007. p.143

12 질 들뢰즈, 펠릭스 가타리 공저, 《천 개의 고원》, 김재인 역, 새물결. 2001. p.14

13 들뢰즈는 배치에는 두 종류가 있는 것으로 보았다. '기계적 배치'와 '언표 행위의 집합적 배
   치'가 그것이다. '기계적 배치'는 모든 사물의 '연결 관계'를, '언표 행위의 배치'는 언어로써
   행하는 인간의 모든 기호 활동과 소통방식의 배치를 의미한다.

14 질 들뢰즈, 크레르 파르네 공저, 《디알로그》. p.102

15 앞의 책. p.103

16 김연아, 《달의 기식자》, 문예중앙. 2017.

17 이진경, 《노마디즘 1》, 휴머니스트, 2015. p.313

18 질 들뢰즈, 크레르 파르네 공저, 《디알로그》. p.31

19 앞의 책. p.11

20 성석제, 《투명인간》, 창비, 2014.

21 프랑스어 devenir는 영어로 become 또는 becoming으로, 우리말로는 '되기'로 번역한다.
   들뢰즈는 되기는 곧 생성이라고 강조한다. 그래서 '되기(=생성)'이나 '되기/생성'으로 표현하
   기도 한다.

22 질 들뢰즈, 크레르 파르네 공저, 《디알로그》. p.85. 이 책 139쪽에서는 동일한 표현이 반복된
   다. "글쓰기는 생성/되기, 작가와는 다른 것 되기입니다."

23 김기형, 김낙호, 문보영 외, 《2017 신춘문예 당선시집》, 문학세계사. 2017

24 질 들뢰즈, 크레르 파르네 공저, 《디알로그》. p.90

25 '정동'으로 번역된 'Affect'는 정서, 정동, 변용, 정감, 감응 등으로 다양하게 번역되어 왔는데
   최근에는 '정동'으로 번역하는 경향이 뚜렷하다. 번역어 '정동'은 심리학에서 말하는 격렬한
   감정의 상태를 의미하기보다는 스피노자와 들뢰즈가 말하는 의미로서 두 신체 사이에서 형
   성되어 고요하게 흐르나 움직이는 상태, 움직이고 있지만 고요하게 머무는 잠재적 상태로
   이해하고자 한다. 심리적 감정적 현상에 대한 묘사라기보다 미세하게 움직이는 복합적 힘의
   흐름이다. 이에 대해서는 《들뢰즈 개념어 사전》(아르노 빌라니,로베르 싸소 공저, 신지영 역, 갈무
   리, 2012.) 348쪽을 참고하라.

26 멜리사 그레그, 그레고리 시그워스 편, 《정동 이론》. p.14

27 앞의 책. p.14

28 브라이언 마수미, 《정동정치》, 조성훈 역, 갈무리, 2018. p26

29 멜리사 그레그, 그레고리 시그워스 편, 《정동 이론》. p.137

30 이진경, 《노마디즘 2》, 휴머니스트, 2015. p.183

31 앞의 책. p.37

32 앞의 책. p.87

33 질 들뢰즈, 《차이와 반복》, 김상환 역, 민음사. 2017. p.626

34 질 들뢰즈, 펠릭스 가타리 공저, 《천 개의 고원》. p.505

35 앞의 책. p.28. 들뢰즈와 가타리는 《천 개의 고원》 서론에서 책에는 뿌리-나무형 책과 리좀형 책, 이 두 가지 유형이 있다고 말한다. 이는 단지 종이와 활자로 편집된 책이 아니라 두 종류의 사유, 두 종류의 삶의 방식을 지칭한다. 리좀은 나무형 배치와 다른 배치를 말한다. 뿌리-나무형 책은 뿌리와 기둥과 가지와 잎으로 구조화된 고전적 방식의 체계로서 우리에게 매우 익숙한 방식이다. 대부분의 사상과 철학과 책들과 조직들과 종교와 국가가 이런 식으로 구성되어 있기 때문이다. 리좀은 고구마와 같은 구근식물과 같은 형태로 이어지는 연결 방식이다. 나무와 달리 리좀은 연결과 접속에 무한히 열려 있고, 모든 곳을 향하여 자유롭게 흐르고 확장된다. 리좀적 책과 글쓰기는 어떤 절대적 가치나 하나의 논지를 입증하고자 온갖 논증과 장치들에 의존하는 글쓰기를 추구하지 않는다. 리좀을 형성한다는 것은 수목형 질서에서 벗어나 다른 모든 것들과 자유로이 연결되며 무정형의 수평적 관계를 만들어가는 것을 말한다. 들뢰즈의 사유에서 리좀, 유목, 탈주, 탈영토화, 탈지층화 등의 용어는 거의 유사한 맥락의 언어라고 할 수 있다.

7장

1 니콜라스 로일, 《자크 데리다의 유령들》, 오문석 역, 앨피, 2007. p.94

2 '텍스트'Text는 책 혹은 책의 본문을 말한다. 데리다는 철학자나 작가의 책을 직접 다루는 방식으로 글을 썼다. 하지만 이는 철학적 주제나 담론과 전혀 무관한 것은 아니다. 책의 선택 혹은 본문의 인용 자체가 하나의 문제 설정이자 주제 선택이기 때문이다. 아울러 '텍스트'라는 주제는 데리다가 다룬 중요한 관심이기도 했다. 이 주제는 언어와 의미, 텍스트(글) 읽기와 쓰기와 직접 관련 된다.

3 자크 데리다, 《문학의 행위》, 데릭 에트리지 엮음, 정승훈, 진주영 공역, 문학과지성사, 2013. p.32

4   자크 데리다, 《이론 이후 삶 : 데리다와 현대이론을 말하다》, 강우성 역, 민음사, 2007, p.23

5   자크 데리다, 《환대에 대하여》, 남수인 역, 동문선, 2002, p150

6   데리다가 사용한 프랑스어 déconstruction은 영어 deconstruction과 동일하다. 그간 '해체'라고 번역했으나 최근에는 주로 탈구축(脫構築)이라고 번역한다. 해체 혹은 탈구축은 주로 법이나 의미의 체계 등 폭력적 위계에 대한 것이다. 하지만 이는 외부로부터의 파괴나 분해가 아니라 그 내부에서 그 구조를 뒤집고 열등한 것들을 옹호하고 새로운 의미를 드러내는 것을 포함한다.

7   자크 데리다, 《문학의 행위》, p.17

8   니콜라스 로일, 《자크 데리다의 유령들》, p.11

9   앞의 책, p.297

10 자크 데리다, 《그라마톨로지》, 김성도 역, 민음사, 2010, p.41

11 자크 데리다, 《문학의 행위》, p.110

12 자크 데리다, 《그라마톨로지》, p.538. '에크리튀르'ecriture는 프랑스어로서 《그라마톨로지》 책 한 권에서 1,033번 사용되는 핵심 단어이다. 이는 문자, 글쓰기, 표기법, 문체, 화법, 작곡법 등을 의미하는 다의적인 용어이다. 한국어로는 문맥에 따라서 문자, 글쓰기로 번역된다. 데리다는 음성이나 알파벳 문자 기록 이전에 원기록(에크리튀르)이 있다고 말한다. 즉 에크리튀르는 최초의 언어이다. 이는 음성 언어와 문자 언어의 구분보다 앞서는 보다 근원적인 언어를 말한다. 데리다는 에크리튀르는 문자 언어만이 아니라 음성 언어 이전부터 출현한 것으로 간주한다. 따라서 문자적 쓰기에 대한 음성 언어의 우위는 해체된다. 에크리튀르는 '글쓰기'를 뜻하기도 한다. 이에 대해서는 《그라마톨로지》 서두의 〈일러두기〉에 수록된 '옮긴이 주'를 참고하라.

13 아즈마 히로키, 《존재론적, 우편적 : 자크 데리다에 대하여》, 조영일 역, 도서출판 b, 2015, p.229

14 자크 데리다, 《글쓰기와 차이》, 남수인 역, 동문선, 2001, p.115

15 앞의 책, p.115

16 앞의 책, p.124

17 앞의 책, p.124

18 제이슨 포웰, 《데리다 평전》, 박현정 역, 인간사랑, 2011, p.280

19 자크 데리다, 《이론 이후 삶 : 데리다와 현대이론을 말하다》, p.22

20 제이슨 포웰, 《데리다 평전》, p.278

21 크리스토퍼 노리스, 《데리다》(시공 로고스 총서 8), 이종인 역, 시공사, 1999, p.293

22 앞의 책, p.293

23 자크 데리다, 《이론 이후 삶 : 데리다와 현대이론을 말하다》, p.32

24 앞의 책. p.49

25 데리다가 쓴 글과 그가 구사하는 언어들에는 은유와 완곡한 어법, 특이한 문체, 재기발랄한 미사여구들이 가득하다. 그는 문학적 표현과 수사학적 언어에 능숙하였다. 그래서 논리학에 기반하여 정합성과 명료성과 체계적 기술만으로 사용하는 철학적 글쓰기와는 확실한 차이를 보인다. 따라서 데리다가 사용하는 언어에는 모호함과 애매성과 다의성이 내포되어 있다. 이는 아마 해체의 전략으로서 그가 의도적으로 이전과는 전혀 다른 방식으로 언어를 구사한 것으로 보인다. 이는 물론 문학과 함께 사유를 전개하는 프랑스 철학의 전통과도 맥이 닿아 있다.

26 자크 데리다, 《이론 이후 삶 : 데리다와 현대이론을 말하다》. p.23

27 자크 데리다, 《문학의 행위》. p.278

8장

1 텅 빈 말이란 상징계 질서 속에서 주어져 있는 언어의 법칙에 따라 내뱉고 사용하는 언어이다. 그래서 늘 시니피앙(기표)에 부착된 시니피에(기의)는 늘 미끄러진다. 이러한 말에는 자기 자신(주체)이 없다. 그래서 의미를 이해하고 전달하는 행위는 어긋나거나 실패하게 된다. 반대로 꽉 찬 말은 자신이 하는 말 속에 주체의 흔적이 가득한 언어를 말한다. 그 속에는 주체의 자리가 있으며, 자신의 삶과 욕망으로 채워져 있다. 라캉은 자신이 하는 말의 주인 즉 주체가 되라고 강조한다.

2 프란츠 카프카, 《카프카의 생각》, 세계명작읽기모임 엮음, 힘찬북스, 2017. p.261

3 자크 데리다, 《문학의 행위》, 정승훈, 진주영 공역, 문학과지성사, 2013. p.292

4 앞의 책. p.296

5 '소속 없이 소속되는' 방식은 문단에 소속되지 않고서 특정 장르의 글을 쓴다는 의미는 결코 아니다. 문단에 속하면서도 소속되지 않을 수도 있다. 데리다의 말은 스스로 장르 소속을 선택하지는 않지만 결국은 특정 장르의 글로 분류될 수밖에 없는 불가피성을 보여주고 있다. 무엇보다도 특정 장르에 강하게 속하거나 엮이지 않는 자유를 웅변한다.

6 나태주 시인의 말은 2019년 12월 12일 온라인에 게재된 《뉴스1》 기사에서 인용하였다.

참고문헌

서장

《팡세》, 블레즈 파스칼 저, 현미애 역, 을유문화사, 2013

《팡세》, 블레즈 파스칼 저, 이환 역, 민음사, 2003

《시골 친구에게 보내는 편지》, 블레즈 파스칼 저, 안혜련 역, 나남, 2011

《아리스토텔레스의 수사학》, 아리스토텔레스 저, 이종오 역, HUEBOOKS, 2015

《현대수사학》, 요아힘 크나페 저, 김종용, 홍설영 공역, 진성북스, 2019

1장

《언어의 기원에 관하여 외》(니체 전집 1), 프리드리히 니체 저, 김기선 역, 책세상, 2003

《차라투스트라는 이렇게 말했다》(니체 전집 13), 프리드리히 니체 저, 정동호 역, 책세상, 2000

《선악의 저편》(니체 전집 14), 프리드리히 니체 저, 김정현 역, 책세상, 2002

《인간적인 너무나 인간적인》, 프리드리히 니체 저, 한기찬 역, 청하, 1983

《머리를 비우는 뇌과학》, 닐스 비르마우어, 외르크 치틀라우 공저, 오공훈 역, 메디치, 2018

《니체 : 문학으로서 삶》, 알렉산더 네하마스 저, 김종갑 역, 연암서가, 2013

《니체와 철학》, 질 들뢰즈 저, 이경신 역, 민음사, 2001

《처음 읽는 프랑스 현대 철학》, 철학아카데미 편, 동녘, 2017

《니체, 디오니소스적 긍정의 철학》, 백승영 저, 책세상, 2005

《무한화서》, 이성복 저, 문학과지성사, 2015

《니체, 실험적 사유와 극단의 사상》, 이진우 저, 책세상, 2009

2장

《도래할 책》, 모리스 블랑쇼 저, 이달승 역, 그린비, 2011
《문학의 공간》, 모리스 블랑쇼 저, 이달승 역, 그린비, 2010
《카오스의 글쓰기》, 모리스 블랑쇼 저, 박준상 역, 그린비, 2012
《카프카에서 카프카로》, 모리스 블랑쇼 저, 이달승 역, 그린비, 2013
《마르그리크 뒤라스의 글》, 마르크리트 뒤라스 저, 윤진 역, 민음사, 2018
《침묵에 다가가기》, 율리히 하세, 윌리엄 라지 공저, 최영석 역, 앨피, 2008
《카프카의 생각》, 프란츠 카프카 저, 세계명작읽기모임 엮음, 힘찬북스, 2017
《바깥에서 : 모리스 블랑쇼와 '그 누구'인가의 목소리》, 박준상 저, 그린비, 2014
《고요한 폭풍, 스피노자: 자유를 향한 철학적 여정》, 손기태 저, 글항아리, 2016
《외부, 사유의 정치학》, 이진경 저, 그린비, 2009

3장

《글쓰기의 영도》, 롤랑 바르트 저, 김웅권 역, 동문선, 2007
《롤랑 바르트, 마지막 강의》, 롤랑 바르트 저, 변광배 역, 민음사, 2015
《롤랑 바르트가 쓴 롤랑 바르트》, 롤랑 바르트 저, 이상빈 역, 동녘, 2013
《사랑의 단상》, 롤랑 바르트 저, 김희영 역, 동문선, 2004
《애도 일기》, 롤랑 바르트 저, 김진영 역, 걷는나무, 2018
《텍스트의 즐거움》, 롤랑 바르트 저, 김희영 역, 동문선, 1997
《어떻게 더불어 살 것인가》(문예신서 251), 롤랑 바르트 저, 김웅권 역, 동문선, 2004
《에로스의 종말》, 한병철 저, 문학과지성사, 2015

4장

《말》, 장 폴 사르트르 저, 정명환 역, 민음사, 2008

《문학이란 무엇인가》, 장 폴 사르트르 저, 정명환 역, 민음사, 1998

《지식인을 위한 변명》, 장 폴 사르트르 저, 박정태 역, 이학사, 2007

《장 폴 사르트르 : 시선과 타자》, 변광배 저, 살림출판사, 2004

《지각의 현상학》, 모리스 메를로 퐁티 저, 류의근 역, 문학과지성사, 2002

《독이 든 양분》, 마이클 아이건 저, 이재훈 역, 한국심리치료연구소, 2009

5장

《발터 벤야민의 문예이론》, 발터 벤야민 저, 반성완 편역, 민음사, 1983

《서사 기억 비평의 자리》(발터 벤야민 선집 9), 발터 벤야민 저, 최성만 역, 도서출판 길, 2012

《일방통행로/사유이미지》(발터 벤야민 선집 1), 발터 벤야민 저, 김영옥, 윤미애, 최성만 공역, 도서출판 길, 2007

《일방통행로 : 사유의 유격전을 위한 현대의 교본》, 발터 베야민 저, 조형준 역, 새물결, 2007

《아케이드 프로젝트 1》, 발터 벤야민 저, 조형준 역, 새물결, 2005

《인간적인 너무나 인간적인》, 니체 저, 한기찬 역, 청하, 1983

《철학 마법사의 시대》, 볼프람 아일랜베르그 저, 재영자 역, 파우제, 2019

《발터 벤야민》(주어캄프 세계인물총서 01), 몸메 브로더젠 저, 이순예 역, 인물과사상사, 2007

6장

《들뢰즈가 만든 철학사 : 생성과 창조의 철학사》, 질 들뢰즈 저, 박정태 역, 이학사, 2015

《차이와 반복》, 질 들뢰즈 저, 김상환 역, 민음사, 2017

《천 개의 고원》, 질 들뢰즈, 펠릭스 가타리 공저, 김재인 역, 새물결, 2001

《카프카 : 소수적인 문학을 위하여》, 질 들뢰즈, 펠릭스 가타리 공저, 이진경 역, 동문선, 2001

《디알로그》, 질 들뢰즈, 크레르 파르네 공저, 허희정, 전승화 역, 동문선, 2001

《노마디즘 1》, 이진경 저, 휴머니스트, 2015

《노마디즘 2》, 이진경 저, 휴머니스트, 2015

《누가 들뢰즈와 가타리를 두려워하는가?》, 그렉 램버트 저, 최진석 역, 자음과모음, 2013

《정동 이론》, 멜리사 그레그, 그레고리 시그워스 편, 최성희 외 역, 갈무리, 2016

《정동정치》, 브라이언 마수미 저, 조성훈 역, 갈무리, 2018

《들뢰즈 개념어 사전》, 아르노 빌라니 외 편집, 신지영 역, 갈무리, 2012

《2017 신춘문예 당선시집》, 김기형, 김낙호, 문보영 외, 문학과세계사, 2017

《달의 기식자》, 김연아 저, 문예중앙, 2017

《투명인간》, 성석재 저, 창비, 2014

7장

《그라마톨로지》, 자크 데리다 저, 김성도 역, 민음사, 2010

《글쓰기와 차이》, 자크 데리다 저, 남수인 역, 동문선, 2001

《문학의 행위》, 자크 데리다 저, 데릭 에트리지 엮음, 정승훈, 진주영 공역, 문학과지성사, 2013

《마르크스의 유령들》, 자크 데리다 저, 진태원 역, 그린비, 2014

《이론 이후 삶 : 데리다와 현대이론을 말하다》, 자크 데리다 저, 강우성 역, 민음사, 2007

《환대에 대하여》, 자크 데리다 저, 남수인 역, 동문선, 2002

《자크 데리다의 유령들》, 니콜라스 로일 저, 오문석 역, 앨피, 2007

《존재론적, 우편적 : 자크 데리다에 대하여》, 아즈마 히로키 저, 조영일 역, 도서출판 b, 2015

《데리다 평전》, 제이슨 포웰 저, 박현정 역, 인간사랑, 2011

《데리다》, 크리스토퍼 노리스 저, 이종인 역, 시공사, 1999

8장

《문학의 행위》, 자크 데리다 저, 데릭 에트리지 엮음, 정승훈, 진주영 공역, 문학과지성
사, 2013

《카프카의 생각》, 프란츠 카프카 저, 세계명작읽기모임 엮음, 힘찬북스, 2017

철학자들과 함께 떠나는 글쓰기의 모험

2020년 4월 1일 1판 1쇄 인쇄
2020년 4월 10일 1판 1쇄 발행

지은이   황산
펴낸이   한기호
책임편집   김장환
편집   도은숙, 정안나, 유태선, 염경원, 김미향, 김은지
디자인   김경년
마케팅   윤수연
경영지원   국순근
펴낸곳   북바이북
    출판등록 2009년 5월 12일 제313-2009-100호
    주소 서울시 마포구 동교로 12안길 14(서교동) 삼성빌딩 A동 2층
    전화 02-336-5675 팩스 02-337-5347
    이메일 kpm@kpm21.co.kr
    홈페이지 www.kpm21.co.kr

ISBN 979-11-85400-99-0 03800